ハヤカワ文庫 FT

〈FT598〉

キングキラー・クロニクル②

賢者の怖れ 1

パトリック・ロスファス

山形浩生・渡辺佐智江・守岡 桜訳

JN136690

早川書房

8187

日本語版翻訳権独占
早　川　書　房

©2018 Hayakawa Publishing, Inc.

THE WISE MAN'S FEAR

by

Patrick Rothfuss

Copyright © 2011 by
Patrick Rothfuss

Translated by
Hiroo Yamagata, Sachie Watanabe & Sakura Morioka
First published 2018 in Japan by
HAYAKAWA PUBLISHING, INC.
This book is published in Japan by
arrangement with
SANFORD J. GREENBURGER ASSOCIATES, INC.
through TUTTLE-MORI AGENCY, INC., TOKYO.

謝辞

辛抱強いファンのみんなに。わたしのブログを読んで、たとえすこし時間がかかったとしても、みんなが本当に求めているのは優れた本だと教えてくれたあなたたちに。

賢明なるβ版読者のみんなに。計り知れないほど助けてくれて、わたしの度を超した秘密主義に付き合ってくれたあなたたちに。

すばらしいエージェントに。いろいろな形でなんとかやっていけるようにしてくれた。

思慮深い編集者に。誇りを感じられる本を書けるだけの時間と余裕を与えてくれた。

愛する家族に。わたしを支え、たまに家を離れるのもいいことだと気づかせてくれた。

理解あるガールフレンドに。いつ終わるともわからない書きなおしのストレスで、わたしがつまらない、おぞましいやつになっても、見捨てずにいてくれた。

かわいいわが子に。一緒にとても楽しいことをしているときや、アヒルさんのお話をしているときですら、きみと離れて書き物にかかりきりになってしまうパパを大好きでいてくれるきみに。

主な登場人物

コート　宿屋、道の石亭の亭主。クォートの変名。
クォート　炎のような赤い髪を持つ伝説の秘術士。「無血のクォート」「王殺しのクォート」など多くの異名を持つ。すでに死んだと噂されるが、バストとともに落ち延び、正体を隠して道の石亭を営んでいる。
バスト　道の石亭で働く黒髪の若者。クォートただ一人の弟子。
デヴァン・ロッキース　紀伝家。トレヤへ向かう旅の途中で道の石亭に立ち寄る。だれもが認める優れた語り部、記憶する者、物語の記録者。クォートの友人スカルピの仲間。『ドラッカス類の交配習性』の著者。
シェップ　道の石亭の常連客。陰気な顔の農夫。魔物にとりつかれた傭兵に殺される。
グレアム　道の石亭の常連客。老いた大工。
カーター　道の石亭の常連客。古石橋のそばでクモに似た魔物に襲われ、馬を殺される。

コブ　道の石亭の常連客の老人。
アーロン　道の石亭の常連客。鍛冶屋の見習い。鉄棒で魔物にとりつかれた傭兵を倒す。
アベンシー（ベン）　秘術士。旅一座に同行し、クォートにさまざまな知識を授けた。
ヘルマ　大学（秘術校）の長。言語術の師匠。
ヘンメ　修辞術の師匠。
ローレン　文書保管術の師匠。
ブランデュール　算術の師匠。
アーウィル　医術の師匠。
マンドラッグ　錬金術の師匠。
キルヴィン　工芸術の師匠。
エルクサ・ダル　共感術の師匠。
エロディン　命名術の師匠。
シモン（シム）　クォートの学友。アトゥールの公爵の息子。
ウィレム（ウィル）　クォートの学友。黒髪のセアルド人。
マネ　クォートの学友。五十歳を過ぎているが、エリール（下級学生）として大学に残り続ける。

ジャクシム　長身で青白い顔の工芸術のレラール（上級学生）。
モラ　医局に所属するレラール。
フェラ　命名術のクラスメイト。文書保管術、医術のレラール。黒髪の女子学生。
アンブローズ　文書保管術の実習として司書を務めるレラール。裕福なヴィンタスの男爵の息子で、何かにつけてクォートと対立する。
アウリ　メインスの中庭の地下に住む少女。
スタンチオン　イムリの音楽堂エオリアンの共同経営者。音楽担当。
デオク　エオリアンの共同経営者。受付兼門番担当。
デナ　イムリへと向かう荷馬車で乗り合わせた美しい少女。エオリアンで偶然再会する。
スレペ　伯爵。エオリアンに出入りする芸術家のパトロンの大御所。
デヴィ　イムリで高利貸しを営む若い女性。
勇者タボーリン　伝説の魔法使い。風の名前を知り、炎と稲妻を呼び出して魔物を滅ぼしたと伝えられる。
チャンドリアン　青い炎を伴って現れると噂される正体不明の殺戮集団。テム語のチェンｰディアン（七人の者たち）に由来する。
テフル　この世を作り、あらゆるものの主であると考えられている神。

暦

●「一旬間（じゅんかん）」は次の七日十四日から成る。一旬間＝十一日。「一旬」と表記されることもある。

黄（おう）の日
振（しん）の日
生（せい）の日
鉄（てつ）の日
序（じょ）の日
目（もく）の日
茶（ちゃ）の日
伐（ばつ）曜日
奪（だつ）曜日
焚（ふん）曜日
喪（も）曜日

●四旬間をまとめて「月」とする。
一カ月＝四十四日。

●一年は次の八カ月＋七日から成る。
一年＝三百五十九日。

融月（ゆうづき）
均月（きんづき）
哀月（あいづき）
安月（やすづき）
羊月（ようづき）
刈月（かりづき）
閑月（かんづき）
欠月（かけづき）
大喪（たいそう）の七日

通貨単位

●ヴィンタスの貨幣（道の石亭）

ノーブル（銀貨）　一ノーブル＝二ハフト

ハフト（銀貨）　一ハフト＝十ビット

ビット（銀貨）　一ビット＝二・五ペニー

ペニー（銅貨）　一ペニー＝二半ペニー

半ペニー（銅貨）

●セアルドの貨幣（ほぼどこでも通用）

マルク（金貨）　一マルク＝十タラント

タラント（銀貨）　一タラント＝十ジョット

ジョット（銅貨）　一ジョット＝十ドラブ

ドラブ（鉄貨）　一ドラブ＝十一～十四シム

シム（鉄貨）　非公式な小額通貨。粗悪な鉄製で、重さで測られる。

●連邦の貨幣（タルビアン周辺）

ペニー銀貨　一ペニー銀貨＝十ペニー銅貨

ペニー銅貨　一ペニー銅貨＝五ペニー鉄貨

ペニー鉄貨　一ペニー鉄貨＝二半ペニー鉄貨

半ペニー鉄貨

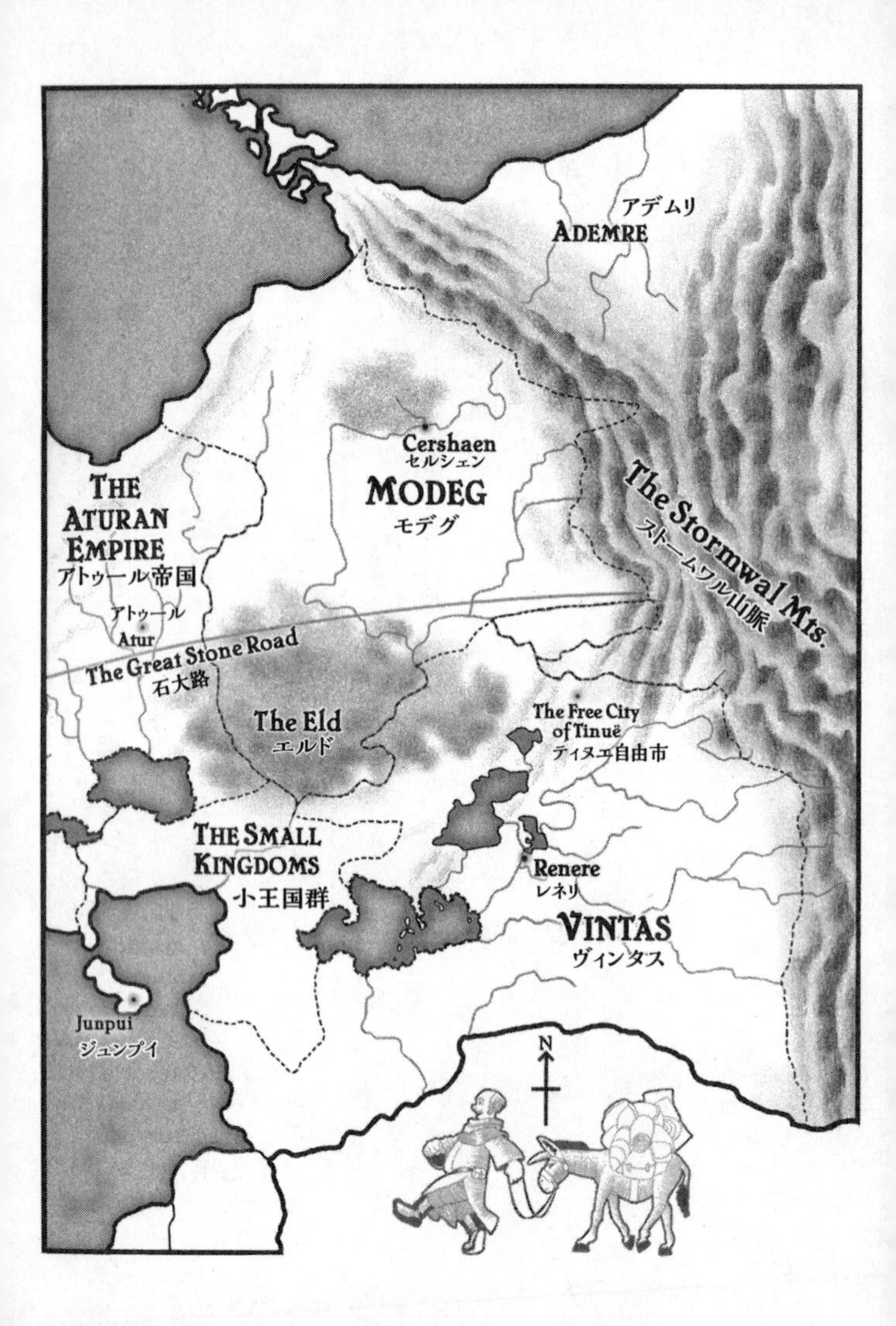
アデムリ
ADEMRE
Cershaen
セルシェン
MODEG
モデグ
The Stormwal Mts.
ストームワル山脈
THE
ATURAN
EMPIRE
アトゥール帝国
アトゥール
Atur
The Great Stone Road
石大路
The Eld
エルド
The Free City
of Tinuë
ティヌエ自由市
THE SMALL
KINGDOMS
小王国群
Renere
レネリ
VINTAS
ヴィンタス
Junpui
ジュンプイ
N

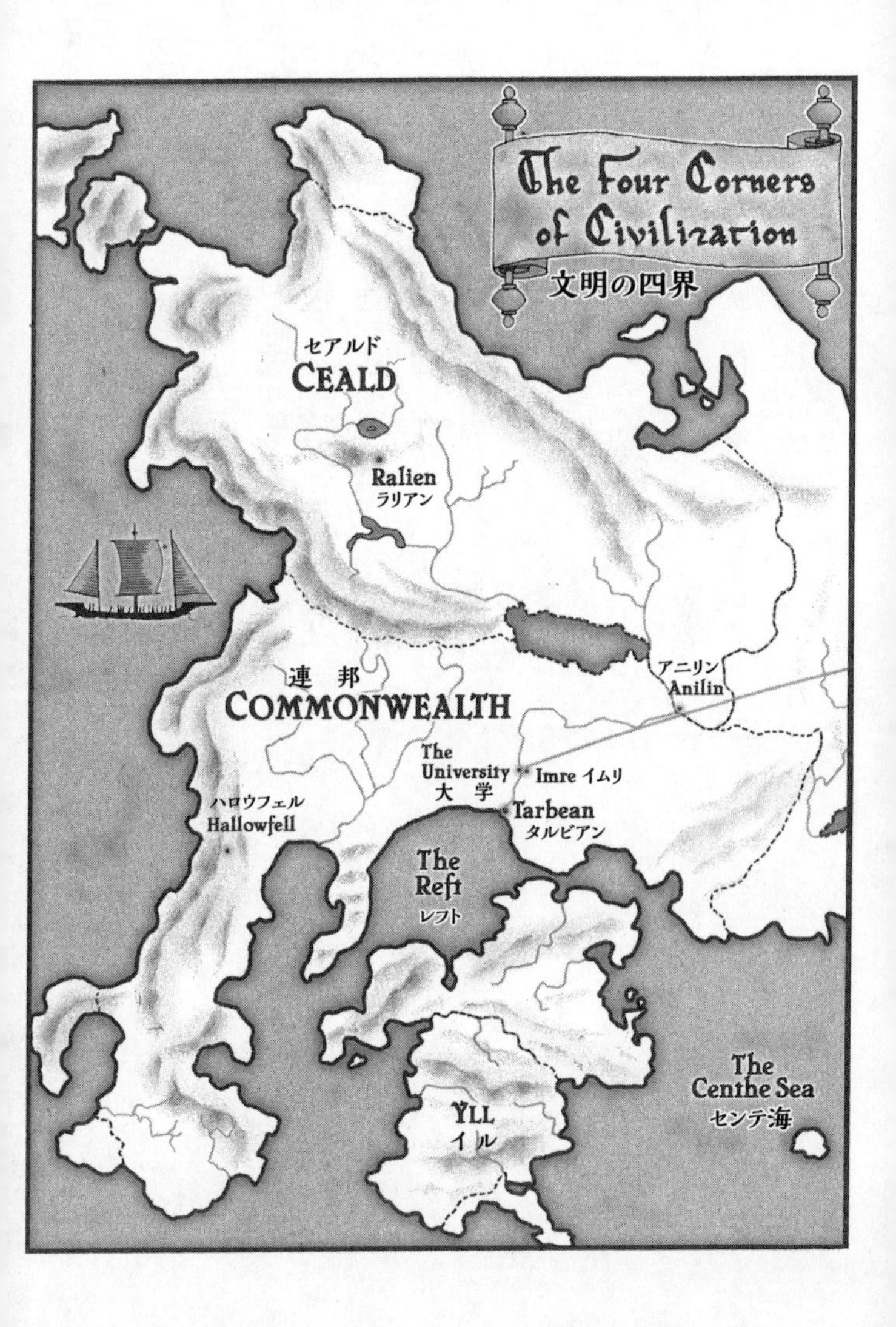
The Four Corners of Civilization
文明の四界
セアルド
CEALD
Ralien
ラリアン
連　邦
COMMONWEALTH
アニリン
Anilin
The University
大　学
Imre イムリ
Tarbean
タルビアン
ハロウフェル
Hallowfell
The Reft
レフト
YLL
イル
The Centhe Sea
センテ海

目次

キングキラー・クロニクル

第2部（第2日）

賢者の怖れ

1

序　三つの静寂

夜明けが近づいていた。道の石亭は静寂の中にあり、その静寂には三つの沈黙が潜んでいた。

いちばんはっきりとわかるのは、そこにないものがつくり出す、虚のような反響する静寂。もしも嵐がきていたなら、宿の裏のセラスのつるに雨粒がぱたぱたと当たる音がしただろう。雷がとどろきわたり、道の落ち葉のごとく、静寂を追いはらっていただろう。もしも宿の部屋に旅人がいたなら、伸びをしたり、ぶつぶつ言ったりして、薄れていく忘れかけた夢のごとく、静寂をはらっていただろう。もしも音楽が流れていたなら……だが、もちろん音楽など聞こえてこなかった。そういったものはいっさい存在せず、ただ沈黙が流れ続けたのである。

道の石亭の扉を、黒髪の男が後ろ手にそっと閉めた。暗闇の中をゆっくり歩いて調理場を抜けると、酒場を横切って、地下へと続く階段を降りた。長いあいだの経験から、男は足の下で音をたてたり、きしんだりしかねないゆるんだ床板を避けて、歩みを進めた。ゆっくりとした足取りがたてる音は、ごくかすかだった。それが広く反響する静寂に、小さくひそかな静寂を添えた。二つの静寂が、一種の合金のように対位旋律をなしていた。

三番目の静寂は、すぐにそれとわかるものではなかった。じっと耳をすましていれば、宿の主人の部屋の窓ガラスの冷たさや、なめらかな漆喰（しっくい）の壁に感じとれるかもしれない。静寂は、硬くて狭い寝台の足元に置かれた、黒い収納箱から漂っていた。そして寝台に身じろぎもせず横たわり、夜明けのかすかな光が差し始めるのを見つめている男の手の中からも。

男の髪は、炎のような深紅だった。暗い目は遠くを見ていて、眠りに落ちることへの期待をはるか昔に捨てた者特有の、あきらめた雰囲気をまとって横たわっていた。

道の石亭は彼のものであった。三番目の静寂が彼のものであるように。これは理にかなっていた。それは三つの静寂の中で最大の静寂で、ほかの静寂を包みこんでいたのだから。それは秋の終わりのように、底深く、どこまでも広がっていた。それは川の水でなめらかになった巨石のようにずっしりと重かった。それは、死を待つばかりの、辛抱強い、切り花の音のような男であった。

第一章　リンゴとニワトコ

バストは退屈して、長いマホガニーのカウンターにだらりと寄りかかった。がらんとした部屋を見まわして、ため息をつき、あちこち探してきれいな麻の布を一枚引っぱり出してきた。そしてあきらめたような表情で、カウンターを磨きはじめた。すこしして身を乗り出し、目を細めてぼやけた染みを見つめた。指でこすって、脂染みをつけてしまったのに気づいて眉をひそめた。さらに身を乗り出して、息を吹きかけてカウンターを曇らせると、手早く磨いた。そしてひと呼吸おいて大きく息を吹きかけると、曇ったところにこんどは卑猥な言葉を指で書いた。

布を脇に放り投げて、バストはだれもいないテーブルと椅子のあいだを通って、大きな窓に近づいた。しばらくのあいだそこに立ちつくして、町の中心部へ続く砂利道を眺めた。

　またため息をついて、部屋の中を歩きまわった。その身のこなしには、踊り手のような気取らない優雅さと、猫のような無頓着さがあった。だが黒髪に両手を通す仕草はそわそわしていた。青い目はまるで出口を探すように、しきりに部屋じゅうに向けられた。まるで百回探しても見つからなかった何かを探し求めるように。

　だが目新しいものはなかった。だれもいないテーブルと椅子。客のいない酒場の腰掛け。巨大な樽が二つ、カウンターの奥に張り出している。一方はウイスキー、一方はビール。二つの樽のあいだには、さまざまな酒の入った瓶がずらりと並んでいた。色とりどりで、あらゆる形の瓶があった。立ち並ぶ酒瓶の上に、ひと振りの剣が掛けられていた。

　バストの視線が酒瓶に戻った。見つめたまましばらく考えこむと、カウンターの後ろに戻って、重たい陶器のジョッキを取り出した。

　大きく息を吸って、いちばん下に並んだ酒瓶の一本目を指さすと、唱えながら立ち並ぶ酒瓶を順に指さしていった。

「楓（メイプル）、五月柱（メイポール）、

つかまえてはこべ
灰と残り火
エルダーベリー」

唱え終わったとき指の先にあったのは、ずんぐりした緑の瓶だった。バストはコルクをねじってはずすと、様子見にひとくち飲んで、顔をしかめて身震いした。すぐに緑の瓶を置くと、曲線を描いた赤い瓶を手に取った。これもひとくち飲んで、考えこむ様子でぬれた唇をすり合わせてから、うなずくと中身をたっぷりとジョッキに注ぎこんだ。
バストはつぎの瓶を指さして、また歌いはじめた。

「羊毛、女
夜の月
柳、窓
蠟燭明かり」

こんどは淡い黄色の酒が入った透明な瓶だった。バストはコルクを引き抜くと、味見もせずに酒をジョッキにとくとくと注いだ。瓶を脇に置いてジョッキを手に取り、液体をジョッキの中でよくまわして、ひとくち飲んだ。満面の笑みを浮かべると、最後の瓶を指で弾いて軽い音を鳴らして、また単調な歌を唱えはじめた。

「樽、大麦。
石と樽板
風と水――」

床板のきしみでバストは目を上げて、ぱっと笑顔になった。「おはようございます、レシ」

赤い髪の宿の亭主が階段の下に佇んでいた。彼は身につけた清潔な前掛けと長袖の服を長い指ではらった。「客人はもう起きているか？」

バストは首を横に振った。「音も気配もなし」

「ここ二、三日はひどい目に遭ったからな」とコート。「そのツケがまわってきたのだろう」

彼はふと言葉を切って顔を上げ、匂いを嗅いだ。「飲んでいたのか？」責めるというより興味深げに訊いた。

「いいえ」バストが答えた。

宿の亭主は片方の眉を上げた。

「味見していました」と、バストが強調した。「飲む前に味見ですよ」

「ああ」とコート。「じゃあ飲むところだったんだな？」

「小さな神々よ、そうです」とバスト。「しこたま飲もうかと。ほかにいったい何ができます？」バストはカウンターの下からジョッキを取り出してのぞきこんだ。「ニワトコを期待してたのに、メロンみたいな味でした」彼は考えこむようにジョッキの中の液体をまわした。「それに何か香辛料の香りもする」バストはまたひとくち飲んで、考え深げに目を細めた。「シナモンかな？」立ち並ぶ瓶を眺めて自問した。「そもそもニワトコはまだありましたっけ？」

「どこかそのあたりに」宿の亭主は瓶を見もせずに言った。「その前にまず聞きなさい、バスト。昨日おまえがやったことについて話がある」

バストはぴたりと動きを止めた。「おれが何かしましたか、レシ？」

「マエルからきたやつを止めただろう」とコート。

「ああ」バストは緊張を解いて、身ぶりで否定した。「動きを鈍らせました、レシ。それだけです」

コートは首を振った。「ただの気が触れた男じゃないと気づいたんだな。おまえはわれわれに警告しようとしたんだろう。もしもおまえがそこまで機敏でなかったら……」

バストは顔をしかめた。「〝機敏〟じゃありませんでしたよ、レシ。シェップをやられた」彼はバーの近くのよく磨かれた床板に視線を落とした。「いい子だったのに」

「鍛冶屋の見習いのおかげで助かったとほかのみんなは思うだろう」コートが言った。「おそらく、それがいちばんだ。だがわたしは知っているよ。おまえがいなかったら、あいつはここの人間を皆殺しにしていた」

「ああレシ、それはちがうよ」と、バストが言った。「あなたなら鶏を絞めるくらい簡単に殺してたはずだ。おれが先に着いただけで」

宿の亭主は肩をすくめて受け流した。「昨夜は考えさせられたよ」彼が口を開いた。「このあたりをもう少し安全にするために、われわれに何ができるか考えていた。《白い騎手の狩り》を聞いたことがあるか？」

バストは笑顔になった。「あなたがたの歌になる前からおれたちの歌だったんですよ、レシ」彼は息を吸いこんで、甘いテノールで歌った。

「雪のような白い馬に乗り
銀の刃と白い角の弓
かぶるはしなやかな生木の枝
眉の上には赤と緑」

宿の亭主はうなずいた。「ちょうどその節のことを考えていたんだ。ここの支度をするあいだ、任せてもいいかな？」

バストは熱意をこめてうなずくと、ほとんど駆け出して、調理場の戸口のところで足を止めた。「おれ抜きで始めたりしないよね？」バストは心配そうに尋ねた。

「客の食事がすんで、準備が整い次第、始めよう」コートが言った。そして生徒の表情を見て、少し表情をゆるめた。「それだけをこなすのに、まだ一、二時間はあるかな」

バストは戸口の向こうをちらりと見て、また視線を戻した。

宿の亭主が楽しげな表情を浮かべた。「始める前に呼ぶから」彼は片手で追いはらう仕草をしてみせた。「お行き」

　コートと名乗る男は道の石亭でのいつもの作業をこなした。荷馬車が通りなれた轍を進むように、時計のように規則正しく動いた。

　最初はパン。小麦粉と砂糖と塩を、量りもせずに手で混ぜ合わせた。食料庫の陶器の瓶に保存してあるパン種を少し加えると、生地をこね、分けて丸めて、発酵させた。調理場の窯の灰をショベルですくい出して、火をおこした。

　つぎに談話室に移動すると、黒い石造りの暖炉に火を入れて、北側の壁沿いの巨大な暖炉前の灰を掃き清めた。水をポンプで汲みあげて手を洗って、地下室から羊肉をひとかたまり出してきた。焚きつけを新しく切り出して、薪を運びこみ、パン生地のガス抜きをして、温まった窯の傍らに移した。

　そしてあっけなく、もうやることがなくなった。すべての準備が整った。何もかもが清潔で整然としていた。赤い髪の男はカウンターの後ろに立った。遠いところを見つめていた目は、現在いるところにゆっくり戻ってきて焦点を結んだ。

　視線が酒瓶の後ろの壁に掛けられた剣にとまった。とりたてて美しい剣ではないし、こった装飾もないし、目を引くわけでもない。ある意味で、見る者をおそれさせる剣だった。高い崖が見る者をおそれさせるのと同じように。灰色で、傷もなく、触れると冷たかった。そして砕け散ったガラスのように鋭かった。黒い木の壁掛け板には、ひとこと刻みこまれていた――**愚行**。

玄関前の木の踊り場から、どたどたと足音が聞こえた。閂(かんぬき)ががたがたやかましく鳴り、おーいどうしたー、と大声が聞こえて、ドアが叩かれた。

「少々お待ちを！」とコートは声を上げた。玄関へ急いで、ぴかぴかの真鍮の錠前にさしこんだ重い鍵をまわした。

グレアムが立っており、がっしりした手でドアを叩きかけたところだった。宿の亭主を見て、外気にさらされてくたびれた顔を崩してにやりと笑った。「今朝もバストが準備したのか？」と、彼は尋ねた。

コートは寛大に微笑してみせた。

「あいつはいい子だよ」と、グレアム。「ちょっとのろいところがあるけれど。今日は店を閉めているかと思ったよ」咳払いをして、少しのあいだ、足元に視線を落とした。「無理もないからな、あれがあったし」

コートは鍵をポケットにしまった。「いつものように開けていますよ。いかがいたしましょう」

グレアムは戸口の脇に踏み出して、道のほうをあごで示した。近くに止められた荷馬車に、樽が三つ積まれていた。淡い色の磨き抜かれた板を、ぴかぴかの金属で留めた新しい樽だ。「昨夜は眠れないとわかってたから、あんたのために急ごしらえした。ベントン家が遅生りのリンゴを今日から持ってくると聞いたんだ」

「ありがとうございます」

「実が締まっているから冬越しに使える」グレアムは樽に歩み寄って、側面の板を得意げに指の節で叩いた。「飢えずにイタいなら冬リンゴがいちばんだ」物言いたげに見上げると、もういちど樽板を叩いてみせた。「今のシャレ、わかった？　板、だろ？」

コートは顔をこすってちょっとうめき声をあげた。

グレアムはほくそ笑んで、ぴかぴかの金属の輪を片手でなでた。「真鍮で樽をつくったことはなかったが、これ以上望めないくらいうまくいった。ゆるんでくるようなら教えてくれ。修理するよ」

「あまりお手間でなかったのならよかった」と、宿の亭主。「貯蔵室は湿気ります。鉄では二、三年で錆びるのではないかと心配でして」

グレアムはうなずいた。「とても賢明だ。長い目でものを見る人は少ない」そして手をすり合わせた。「手を貸してもらえるかな。落として床を傷つけたくないんでね」

二人は樽を運びにかかった。真鍮で締めた樽が二つ、地下に運ばれて、三つめはカウンターの後ろを通り、調理場を抜けて食料庫に運びこまれた。

それから二人は談話室に戻って、カウンターを挟んで向き合った。だれもいない酒場をグレアムが見わたすあいだ、沈黙がおとずれた。酒場の椅子は二脚足りず、テーブルが一つなくなって、一部がらんとしていた。整然とした酒場で、それが歯抜けのように目立っていた。

グレアムはカウンターのそばの磨き抜かれた床板から目を背けた。ポケットから鈍く光るシム鉄貨を二枚取り出した手は、ごくわずかに震えていた。「ビールを少しもらえるかな、コート？」グレアムの声がしゃがれた。「まだ早いのはわかってるが、今日は先が長いんだ。マリオン家が小麦を取り入れるのを手伝う予定でね」

宿の亭主はビールをついで、黙って手渡した。グレアムはその半分をゆっくり喉に流しこんだ。目の縁が赤くなっていた。「昨夜はひどいことになったな」目を合わせずに言って、またビールを口にした。

コートはうなずいた。昨夜はひどいことになったな。生まれたときから知っていた男の死について、彼に言えるのはそれだけなのだろう。ここの者たちは死を知り尽くしている。飼っている家畜を屠ってきた。熱や転落、骨折がもとで死んだ。死は不愉快な隣人のようなものだった。死について口にしないのは、死がそれを聞きつけてやってくるのをおそれていたからだ。

当然ながら、物語なら別だ。毒を盛られた王、決闘、遠い昔の戦いの物語はかまわない。こういった物語は、死を異国の衣装に包んで、戸口のはるか向こうに遠ざける。煙突火災やクループ性の咳はこわい。だがギベアの暴虐やエンファスト包囲戦は別物だ。これらは祈りのようなもの、真夜中に暗闇をひとりで歩くときに音を立てる魔除けみたいなものだ。物語は、行商人から万が一のために買った半ペニーのお守りのようなものだった。

「あの書記さんはどれくらいとどまるつもりだって？」すこし間をおいて尋ねたグレアムの声は、ジョッキに響いた。「念のため、おれもすこしばかり書いといてもらったほうがいいかもな」とすこし顔をしかめた。「父親はいつも書き置きと呼んでたな。本当の名前が思い出せない」

「気を配る必要があるのが財産だけなら、遺贈書ですかね」宿の亭主は淡々と言った。「それ以外のことも関係してくるなら、遺志執行令状といいます」

グレアムが片方の眉を上げて宿の亭主を見た。

「聞いた話ではそうなんだとか」と宿の亭主は言って、バーカウンターに視線を落とし、清潔な白い布で磨きながら言った。「書記が、そのようなことを言っていました」

「執行令状……」グレアムはジョッキの中につぶやいた。「書記に書き置きをと頼んで、おそらく似たようなものを欲しがるよ。こういう時だから」

宿の亭主が苛立たしげに眉をひそめたように一瞬みえた。いや、でも彼はそんなそぶりはしていなかった。バーカウンターの後ろに立つ姿はいつもと変わらず、表情は穏やかで、感じがよかった。彼はゆったりとうなずいた。「正午くらいに仕事を始めると言っていましたよ」とコート。「昨夜のことで少し動揺していました。昼前にやって来た人はがっかりするでしょうね」

グレアムは肩をすくめた。「たいして問題ない。どのみち昼時までは町に十人くらいしかいないんだから」彼はもうひとくちビールを飲んで、窓の外を眺めた。「今日が野良仕事の日になるのはまちがいないな」

宿の亭主は、やや緊張を解いたように見受けられた。「明日もこちらにご滞在ですよ。今日のうちにみんな押し寄せる必要もないでしょう。アボッツ・フォードの近くで馬を盗まれたので、新しく調達するらしいです」

グレアムが同情をこめて舌打ちした。「かわいそうにな。収穫期なかばでは、馬は拝もうが金を積もうが手に入らないぞ。カーターだってあのクモみたいなやつに古石橋のそばで襲われたあと、ネリーの代わりをみつけられなかった」彼は首を振った。「何かおかしい。あんなことが家から三キロと離れていないところで起こるなんて。昔は——
——」

グレアムは言葉を切った。「いやはやまったく、われながら親父みたいな口ぶりだ」とあごを引いてしわがれ声をつくってみせた。「わしが小さかったころは、天気もまともだった。粉屋はいかさまをしなかったし、みな自分のことはきちんとやったもんだ」

宿屋の亭主が切なげな微笑を浮かべた。「わたしの父は、ビールはもっとうまかったし、道のネズミも少なかったと言っていましたね」

グレアムも笑顔になったが、すぐに笑みは消えた。気まずいことを口にするかのように、視線を落とした。「あんたがここの出身じゃないことは知ってるよ、コート。やりにくいだろう。よそ者は何もわかっちゃいないと考える者だっている」

彼は宿の亭主の目を見ないまま、深く息を吸った。「だがおれが思うに、あんたはほかのやつらが知らないことを知ってる。もっと広い視野みたいなものを持ってる」宿の亭主を見上げた彼の目は真剣で、疲れの色が見えた。睡眠不足から目のまわりに隈ができていた。「最近じゃ悪いことばかりに見えるがどうなんだ？　道はえらく荒れてる。追いはぎが出ているし、それに……」

グレアムは、何もない床の部分を見ないようにしようと、明らかに努めていた。「新しくできたいろんな税のせいでやりくりが苦しい。グレイデンの息子たちは農園を手放しかかってる。それにあのクモみたいなやつ」彼はまたひとくちビールを飲んだ。「見かけどおり、悪いことばかりなのか？　それともおれも親父みたいに歳をくって、子どものころに比べて何もかもがちょっとひどくなった気がするだけか？」

コートはまるで口を開きたくないかのように、しばらくカウンターを拭いていた。「いつの時代も、なんのかんので悪いことがある。それに気がつくのが、われわれみたいな年寄りだけなのかもしれません」

グレアムはうなずきかけて、眉をひそめた。「だがあんたは年寄りじゃないだろう？ふだんは忘れてるがな」彼は赤毛の男を上から下まで見まわした。「つまり、身のこなしは年寄りだし、物言いも年寄りだが、実はちがうだろう？　おれの半分くらいの歳のはずだ」彼は目を細くして宿の亭主を眺めた。「ほんとのところ、いくつだ？」

宿の亭主は疲れた様子で笑ってみせた。「年寄りだと思えるくらいには年寄りですよ」

グレアムは鼻を鳴らした。「年寄りじみた口をきくほどの歳じゃないぞ。外で女の尻を追っかけて面倒を起こしてもいい歳だ。世界の継目がゆるみまくってるなんて文句を言うのはおれたち年寄りに任せとけ」

老いた大工はカウンターを押すようにして身を離すと、ドアに向かって歩きだした。

「昼休みにまた書記に話をつけにくるよ。おれひとりじゃない。機会があれば公式なものを残しておきたいと考えるやつはたくさんいる」

宿の亭主は深く息を吸って、ゆっくりと吐いた。「グレアム？」

男は片手をドアに置いて振り返った。

「あなただけじゃない」とコートは言った。「状況は悪い。わたしの勘ではもっと悪くなる。厳しい冬に備えておくほうが無難だ。それから必要なときは身を守れるようにしておくのもいいかもしれない」宿の亭主は肩をすくめた。「ただの勘ですけどね」

グレアムは厳しい顔で口を引き結び、軽く頭を動かして、真剣にうなずき返した。

「おれの勘だけでなくてよかった、というべきなのかな」

そして無理をして笑顔をつくると、腕まくりをしながらドアに向きなおった。「それでも陽があるうちに干し草をつくらなくちゃな」


まもなく、ベントン家が遅生りのリンゴを荷車に積んでやってきた。宿の亭主はその半分を買って、一時間かけて貯蔵用に選り分けた。

いちばん緑がかっていて堅いのは、地下室の樽の中へ。やさしい手つきで注意深く並べると、おがくずを入れて、釘で蓋を打ちつけた。完熟しかかっているものは食料庫行きで、一部が変色したものや、茶色い斑点が出たものはリンゴジュースの材料として、四つ割りにして大きな錫の桶に投げこまれた。

リンゴを選り分けて収納する赤毛の男は、満ち足りているように見受けられた。だがもっとよく観察すると、忙しく手を動かしながらも、彼の目が遠くを見ていることに気づいただろう。そして表情は落ち着いていて、快活ともいえる一方で、まったく楽しげではなかった。鼻唄も、口笛もなく、作業を進めた。歌わなかった。

リンゴをすべて選り分けてしまうと、彼は金属製の桶を持って調理場を抜け、裏口から外に出た。涼しい秋の朝だった。宿の裏には、木立に囲まれたささやかな彼だけの庭があった。コートは四つ割りリンゴを木製の圧搾機にごろごろと入れて、上部をまわして、簡単には動かせないところまで下ろした。

コートは長袖のシャツを肘の上までたくし上げて、すらりとした優美な手で圧搾機の把手(とって)を握って引いた。圧搾機が押し下げられて、リンゴをぎゅっと押しつぶした。まわして握りなおす。まわして握りなおす。

見る者がいたら、その腕が宿の主人にありがちな締まりのない腕ではないことに気づいただろう。木製の把手を引くと、前腕の筋肉が浮き出た。古傷がいくつも皮膚を横切っていた。ほとんどは冬の氷に入るひびのように、色を失って細くなっていた。そのほかの赤く腫れた傷は、色白の肌に浮き上がっていた。

宿の亭主の手が把手を握って引き、また握って引いた。聞こえるのは、リズミカルな木のきしみと、果汁がゆっくりぽたぽたと圧搾機の下のバケツに流れていく音のみ。リズムはあっても、音楽はなく、喜びもなしに遠くを見ている宿の亭主の目は、実に淡くて灰色とすらいえるほどの緑色だった。

第二章　柊（ひいらぎ）

階段を下りてきた紀伝家は、平たい革のかばんを一方の肩にかけて、道の石亭の談話室に足を踏み入れた。戸口で立ち止まった彼の目に入ったのは、赤い髪の宿の亭主がカウンターの何かの上に一心にかがみこんでいる姿だった。

紀伝家は咳払いして部屋に入った。「ずいぶん寝過ごしてすみません」と、切り出した。「あまり……」カウンターの上のものに気づいて、彼は動きを止めた。「パイをつくっておられるのですかな?」

コートは生地の端を指で波形に整えながら、目を上げた。「いくつもね」と、彼が言った。「そうだ。なぜ?」

紀伝家は口を開きかけて、またつぐんだ。酒場の後ろの壁に飾られている、灰色の物言わぬ剣の方へ目が泳いで、それからパイ皿の縁の生地を丁寧につまんでいる赤毛の男に再び戻った。「なんのパイです?」

「リンゴ」コートは身を起こして、パイを覆う生地に慎重に切れ目を三つ入れた。「うまいパイをつくるのがどんなにむずかしいか知っているか？」

「いえ、あまり」と紀伝家は認めて、不安げにあたりを見まわした。「あなたの助手はどこです？」

「そういうことは神ご自身にも推測しかできないな」と、宿の亭主は言った。「とてもむずかしいんだ。パイの話だよ。思いもよらないだろうが、工程の奥が深い。パンは単純。スープも単純。プディングも。でもパイは複雑だ。これはやってみないと決してわからないことでね」

紀伝家はあいまいな肯定のしるしにうなずいた。ほかにどんな反応を求められているのかわからない様子だった。彼は肩をすくめるようにしてかばんを下ろし、近くのテーブルの上に置いた。

コートは両手を前掛けで拭った。「リンゴを絞って果汁をとったら、あとに果肉が残るだろう？」

「絞りかすですか？」

「〝絞りかす〟か」コートは心底ほっとしたように言った。「そう呼ばれているのか。果汁を絞ったあと、残ったものはどうする？」

「ブドウの絞りかすなら、弱いワインをつくれます」と紀伝家。「大量にあれば油もとれる。でもリンゴの絞りかすは、ほぼ使い物になりませんね。肥料か腐葉土にすることはできますが、とりたてて良くもありません。たいていは家畜の餌にしますな」

コートは考えこむ様子でうなずいた。「あっさり捨てるとは思えなかったんだ。このあたりでは、なんでも何かしら利用している。絞りかすか」その言葉を味わうように口にした。「かれこれ二年は気になっていたんだ」

紀伝家は当惑したようだった。「町の者ならだれでも教えてくれたでしょうに」

宿の亭主は顔をしかめた。「だれでも知っていることなら、尋ねるわけにいかない」

ドアがばたんと閉まる音がして、明るくとりとめのない口笛が聞こえてきた。バストが白い布にくるんだ柊（ひいらぎ）の枝を腕いっぱいに抱えて、調理場から現われた。

コートが厳しい顔でうなずいて、両手をこすり合わせた。「いいね。さてどうやって——」彼が目を細めた。「それはわたしのいいシーツかな？」

バストは枝の束を見下ろした。「ええとね、レシ」彼はゆっくりと言った。「見方によります。だめなシーツがあるの？」

宿の亭主の目に一瞬怒りがひらめいて、それからため息をついた。「どうでもいいことだな」彼が手を伸ばして、束の中から長い枝を一本引っ張った。「それはそうと、これをどうするんだ？」

バストは肩をすくめた。「おれもこれはよくわからないよ、レシ。サイスがくぐつ使いの討伐のとき、柊の冠（かんむり）をかぶって乗り切ったことは知ってる……」

「柊の冠をかぶってうろつくわけにはいかない」と、コートははねつけた。「噂になるぞ」

「地元のやつらにどう思われようが、かまわないよ」バストは二、三本の長くしなやかな枝を編み合わせながらつぶやいた。「くぐつ使いが体内に入ったら、あやつり人形みたいなもんだよ。やつらは相手に舌を嚙み切らせることだってできるんだ」彼はなかば形ができた枝の冠を頭のところまで持ち上げて、寸法を確かめて鼻にしわを寄せた。

「ちくちくする」

「わたしが聞いた物語では、柊の罠はやつらを体に閉じこめるともいわれている」と、コート。

「鉄を身につけるわけにはいかないのですかな？」紀伝家が尋ねた。カウンターの中の二人は、紀伝家の存在をほぼ忘れていたかのように、興味深げに彼を見つめた。「つまり妖（フェアリング）しの生物なら――」

「〝妖（フェアリング）し〟なんて言うな」バストが軽蔑をこめて言った。「子どもみたいに聞こえる。

妖生物(フェイ)。どうしてもというなら妖(フェーン)だな」

紀伝家はすこしためらって、続きを口にした。「そいつは、鉄を身につけた人の体に入ったら苦しむのでは？　体からまた飛び出してくるのではないですか？」

「やつらはね、嚙み切らせたりするの。自分の、舌を」バストはとりわけ愚かな子どもに話して聞かせるように繰り返した。「体に入ってしまえば、デイジーを摘むくらい簡単に、その手で自分の目玉を引っこ抜かせるんだ。腕輪や指輪をはずす時間くらい取れるにきまってるだろ？」バストが手元の輪に目を落として、柊の緑の枝をもう一本編みこみながら首を振った。「それに、鉄を身につけるなんておれには忌(い)まわしいね」

「体から飛び出せるのなら」紀伝家が言った。「昨晩はどうしてあの男の体を出てしまわなかったんです？　なぜほかのだれかの中に飛びこまなかったんでしょうな？」

長い沈黙があって、バストはほかの二人に見つめられているのに気づいた。「おれに訊いてるの？」バストが信じられないといったように笑い出した。「さっぱりわからないよ。まったくもう(アンパウェン)。最後のくぐつ使い討伐は数百年前だ。おれが生まれるずっと前。おれは話を聞いただけ」

「では、あれが飛び出さなかったかどうかもわからないでしょう？」紀伝家は尋ねるのも気が進まないかのように、ゆっくりと言った。「もうここにはいないかどうかもわからないのでは？」彼はすわったまま身を硬くした。「今ここにいるだれかの中にいるかもしれないじゃないですか」

「傭兵の体が死んだとき、やつも死んだように見えた」コートが言った。「やつが体を離れたら、見えたはずだ」コートがバストをちらりと見た。「体を離れるとき、やつらは暗い影か煙のように見えるのだろう？」

バストはうなずいた。「それに飛び出していたなら、新しい体で皆殺しにとりかかったはずだ。それがやつらのいつものやりかただよ。乗り換えては、また乗り換えて、全員死ぬまで続ける」

宿の亭主は紀伝家を安心させるように微笑した。「ね？　そもそもぐつ使いでなかった可能性もある。似たような何かかもしれない」

紀伝家はすこし興奮したような目つきになっていた。「でも確かめようがない。いまも町のだれかの中にいるかもしれない……」

「おれの中にいるかもね」バストは平然と言った。「今はあんたが油断するのを待っているだけで、気をゆるめたら胸、心臓の真上あたりに嚙みついて、血を残らず飲み干すかもね。プラムの果汁を吸いつくすように」

紀伝家が口を一文字に引き結んだ。「おもしろくありませんな」

バストは紀伝家を見て、歯を見せて粋な笑顔になった。だがその表情は、どこかおかしかった。すこしばかり長すぎた。にっと大きく笑いすぎだった。視線はまっすぐ紀伝家に向けられず、ややずれていた。

バストがつかのま、動作を止めた。きびきびと緑の葉のあいだを動いて枝を編んでいた指が止まっていた。バストは両手を興味深げに見下ろし、つくりかけの柊の輪をカウンターに落とした。笑みはゆっくりと消えてうつろな表情になり、ぼんやりと酒場を見まわした。「テ・ヴェヤン？」奇妙な声で言うバストの目は生気に欠け、混乱していた。

「テ＝タンテン・ヴェンテラネット？」

そして、カウンターの中にいたバストが驚くべき速さで紀伝家に向かって突進した。紀伝家は席から飛び出して、めちゃくちゃに駆け出した。テーブル二つと椅子を六脚ひっくり返したところで足がもつれてぶざまにひっくり返り、腕と足を振りまわして必死に這ってドアをめざした。

恐怖に青ざめて必死に這いながら、紀伝家が肩越しにすばやく振り返ると、バストはせいぜい三歩しか進んでいなかった。黒髪の青年はカウンターの脇に立ち、体をほぼ二つ折りにして、こらえきれない笑いに身を震わせていた。片手で顔を半分覆って、もう一方の手は紀伝家を指さしていた。ひどく笑うあまり、息を吸うのもやっとだった。やがては手を伸ばして、カウンターで体を支えるはめになった。

紀伝家は怒り狂っていた。「ちくしょうめ！」と叫んで、苦しげになんとか立ち上がった。「この……ちくしょうめが！」

笑いすぎて息がうまくできないまま、バストは両手をあげて、子どもが熊の真似をするように、弱々しくいいかげんに床を手でかく仕草をしてみせた。

「バスト」宿の亭主がたしなめた。「こらこら、まったく」だが声は厳しくても、コートの目は笑いで輝いていた。口の端が上がらないようにこらえる唇はひきつっていた。

紀伝家は恥をさらした者の精いっぱいの威厳を保ちつつ、必要以上に音を立てながらテーブルと椅子をせっせと片づけた。やがてもといたテーブルに戻ってくると、ぎこちなく椅子に腰かけた。すでにバストはカウンターの中に立っていて、荒い息をつきながらも、あえて手の中の柊の輪に集中していた。

紀伝家はバストをにらみつけて、向こうずねをさすった。バストが咳らしく聞こえなくもないものをかみ殺した。

コートは喉で低く笑って、束ねられた柊の枝をもう一本抜き出して、編みかけの長い束に組みこんでいった。コートが視線を上げて、紀伝家の目を見た。「忘れる前に伝えておくと、書記としてあなたの手を借りたいという者たちが立ち寄るぞ」

紀伝家は驚いたようだった。「これからですか？」

コートはうなずいて、苛立たしげにため息をついた。「そうだ。もう噂がまわっているからどうしようもない。来たら相手をするしかないだろう。幸いにも、まともな働き手たちは昼まで野良仕事をしているから、それまでは心配無用——」

宿の亭主は不用意に手をすべらせて柊の枝を折ってしまい、親指の肉付きの良い部分にとげを深く突き刺した。赤毛の男はひるみもせず、悪態もつかず、ベリーのように明るい色の血のしずくが湧き出すのを、ただ怒りに満ちた仏頂面で見下ろした。

宿の亭主は眉をひそめて親指を口にはこんだ。表情から笑みが消えて、厳しく暗い目つきになった。未完成の柊の枝の束を、おそろしいくらいあからさまに気のない様子で脇に放り投げた。

紀伝家に目を向けた彼の声は、完璧に落ち着いていた。「要するに、邪魔が入る前に時間を有効活用するべきだ」とコートは言った。「でもまず朝食をご所望だろうな」

「お手間でなければ」紀伝家が言った。

「全然」とコートは言って、踵を返して調理場へ向かった。

彼が行ってしまうのを、バストは心配そうな表情で見つめた。「ジュースを窯から下ろして裏で冷ましたほうがいいよ」バストが大声で呼びかけた。「前につくった鍋の分は、ジュースというよりジャムみたいだった。それから、さっき外でハーブを見つけてきた。雨水桶の上。夕食に使えるかどうか見ておいてね」

酒場に残されたバストと紀伝家は、カウンターを挟んでしばらく見つめ合った。遠くで裏口の戸が閉まる音だけが聞こえた。

バストは手の中の冠をあらゆる角度から眺めながら、最後の調整を施した。そしてまるで香りを嗅ぐように、完成した冠を顔の高さに持ち上げた。だが香りを嗅ぐのではなく、胸いっぱいに空気を吸いこみ、両目を閉じると、とてもやさしく息を吹きかけた。柊の葉がそよぎもしないほどにそっと。

目を開けたバストは、人当たりの良い、申しわけなさそうな笑顔になって紀伝家に歩み寄った。「ほら」と、バストがすわったままの紀伝家に柊の輪を差し出した。

紀伝家は身じろぎもしなかった。

バストは笑みを消さなかった。「ひっくり返るのに忙しくて気づかなかっただろうけど」と、低く静かな声で言った。「でもあんたが飛び上がったとき、あの人が声をたてて笑った。腹の底から三回、いい笑い方だった。あの人は実にすてきな笑い方をするんだ。果実のような、音楽のような。何カ月も耳にしていなかった」

バストは照れくさそうに笑って、柊の輪をもう一度差し出した。「だからこれはあんたに。おれの手持ちのグラマリーをかけておいた。だから意外に長いあいだ枯れずにもつはずだ。正しいやりかたで柊の枝を集めて、この手で形づくった。きちんと探して、念入りにつくったんだ」緊張した少年が花束を差し出すように、バストがさらにすこし手を伸ばして、柊の輪を差し出した。「ほら、これは無償の贈り物だ。義務も貸しも担保もなし」

紀伝家はためらいがちに手を伸ばして、冠を受け取った。両手で裏返してざっと検分した。濃緑色の葉の中に赤い実が宝石のようにおさまっていて、とげが外を向くように巧みに編みこまれていた。おそるおそる頭にかぶると、冠は眉にかかる位置にぴったりとおさまった。

バストがにやりと笑顔になった。「無礼講の王に万歳！」と叫んで、両手を上げて、うれしそうに笑った。

冠をはずす紀伝家の唇が笑みの形に引っ張られた。「それでは」と、紀伝家が両手を膝に下ろして、そっと言った。「これにてお互いに手打ちということですかな？」

バストが戸惑って首をかしげた。「なんだって？」

紀伝家はばつが悪そうな面持ちになった。「昨晩……おっしゃってた……」

バストは驚いたようだった。「ああ、いいや」と、首を振ってまじめな口調で言った。

「いや、まったく。あんたは骨の髄までおれのもとに属する。おれの望みをかなえる道具だ」調理場のほうをちらりと見て、バストが苦い顔になった。「おれの望みは知っているだろう。あの人に思い出させることだよ。自分はパイなんか焼いている宿の亭主じゃないってね」バストはパイのくだりをほぼ吐き捨てるように言った。

紀伝家は目をそらして、不安げにすわったまま身じろぎした。「わたしに何ができるか、まだわからんのですよ」

「なんだってやるんだよ」バストが低い声で言った。「あの人の中から自分を引きずり出すんだ。起こすんだよ」最後は強い口調になった。

バストは片手を紀伝家の肩に置いて、青い目をほんの少し細めた。「思い出させるんだ。あんたが必ず」

紀伝家は一瞬ためらって、膝の上の柊の輪を見下ろして、小さくうなずいた。「やるだけのことはやりましょう」

「だれだってできるのはそれだけさ」バストは言って、親しげに背中を軽く叩いた。「ところで肩はどうだい?」

紀伝家は肩をまわしてみた。体のほかの部分がこわばって、動かずにいるせいで、動きがぎこちなかった。「しびれています。冷たい。でも痛くはありません」

「予想どおりだ。おれなら心配しないよ」バストは励ますように紀伝家に笑いかけた。
「あんたがたの人生は短いんだから、つまらないことで思い悩んじゃいけない」

朝食が供されて、終わった。ジャガイモ、トースト、トマト、卵。紀伝家はかなりの量を食べたし、バストはたっぷり三人分食べた。コートは薪の追加を運びこんだり、パイを焼く窯の火をかき立てたり、火を通して冷ましてあるジュースをジョッキに注いだり、のんびり仕事をしていた。

コートが二杯のジョッキを酒場に運んでいたとき、宿の玄関の木の踊り場にブーツで上がってくる足音が、ノックの音に劣らないくらいの大きさで聞こえてきた。すぐに鍛冶屋の見習いが勢いよく飛びこんできた。やっと十六歳になったばかりで、町でいちばん背が高く、広い肩と太い腕の持ち主だった。

「こんにちはアーロン」宿の亭主は穏やかに言った。「ドアを閉めてもらえますか？外は埃っぽくて」

鍛冶屋の見習いが戸口へ戻った隙に、宿の亭主とバストは、言葉ひとつ交わさず同時にすばやく動いて、柊の枝の大部分をカウンターの下にしまいこんだ。鍛冶屋の見習いが向きなおったときには、バストは小さなつくりかけのリースだったであろう何かをもてあそんでいた。退屈しのぎに指を動かすためのものだ。

アーロンは変化に気づかない様子で、カウンターに駆け寄った。「コートさん」と、彼が意気ごんで言った。「旅の食料をもらえますか」アーロンが黄麻布の大きな空袋を振ってみせた。「カーターが、あなたならどんなものかわかると言っていました」

宿の亭主はうなずいた。「パンとチーズ、腸詰めとリンゴならありますよ」コートがバストに合図すると、バストは袋をつかんで急いで調理場へ行った。「カーターは今日どこかに出かけるのかな」

「おれと一緒に」と、少年が言った。「オリソンたちが今日トレヤで羊肉を売るんです。道が悪いこともあって、おれとカーターが雇われて一緒に行くことになりました」

「トレヤか」宿の亭主は考えこんだ。「では明日まで戻らないね」

鍛冶屋の見習いは、磨かれたマホガニーのカウンターにそっと薄い銀貨を置いた。「カーターもネリーの代わりを見つけたがっているんです。でも馬が手に入らなければ、おそらく王の硬貨を受けると言っていました」

コートが眉を上げた。「カーターが入隊する？」

少年は笑みを浮かべた。険しい顔と笑顔の奇妙な混ぜ合わせだ。「荷馬車を牽く馬を手に入れられなければ、ほかにあまりやることがないと言うんですよ。軍隊が面倒をみてくれて、飯も食べられるし、旅もできると言っていました」話すにつれて、少年の目には興奮が浮かび、少年の熱狂と、大人の心からの心配のあいだにとらわれたような表情になった。「それに、入隊したら今はただノーブル銀貨を一枚くれるだけじゃない。最近では登録したときロイヤルを手渡してくれるんです。ロイヤル金貨がまるまる一枚ですよ」

宿の亭主の表情が曇った。「王の硬貨を受けようかと考えているのは、カーターひとりだけかな?」彼は少年の目をまっすぐに見た。

「ロイヤルは大金です」鍛冶屋の見習いはそう認めて、ちょっと意味ありげな笑顔をみせた。「それに親父が逝って、おふくろがラニッシュから引っ越してきたせいで、いろいろ厳しくて」

「お母上はきみが王の硬貨を受けることを、どうお考えです?」

少年が失望した様子をみせた。「頼むからおふくろの肩を持たないでよ」と、彼はこぼした。「あなたならわかってくれると思ったのに。男だったらどう母親を扱うべきか知っているでしょう」

「お母上は、坊主を黄金の風呂で泳がせるよりも、家で安全に過ごさせたいと思うでしょうね」

「みんなに〝坊主〟呼ばわりされるのはもううんざりだ」鍛冶屋の見習いが顔を紅潮させてかみついた。「軍隊ならおれだって役に立てる。反逆者たちに悔悟王への忠誠を誓わせたら、またいろんなことが良くなっていくよ。課税もやむ。ベントレー家は土地を失わずにすむ。道もまた安全になる」

そして険しい表情になって、一瞬まったく若者らしくなくなった。「そうしたらおふくろは、おれがいないあいだひたすら心配する必要もない」彼が暗い声で言った。「ひと晩に三回起きて、窓の鎧戸やドアの閂を確かめなくてもすむ」

アーロンは宿の亭主と目を合わせて、背筋をまっすぐに伸ばした。猫背でなくなると、少年は宿の亭主より頭ほどひとつ背が高かった。「男には、王と国のために立ち上がらなければならないときがある」

「そしてローズのために？」宿の亭主が静かに尋ねた。

鍛冶屋の見習いは赤面して、照れ隠しにうつむいた。また猫背になって、風がなくなったときの帆のように小さくなった。「やれやれ。みんなおれたちのこと知ってるの？」

宿の亭主はやさしく微笑してうなずいた。「ここみたいな町では秘密は持てない」

「そうだね」アーロンは毅然として言った。「こうするのは彼女のため、おれたちのためでもある。王の硬貨と今まで貯めてきた給料があれば、シム貸しのところへ行かなくても、家を買ったり、自分の店を持ったりできる」

コートは口を開いて、また閉じた。考えこむ様子で長い深呼吸ひとつ分の間をおいて、とても慎重に言葉を選ぶように話した。「アーロン、クォートを知っているかい？」

鍛冶屋の見習いはあきれて目をむいた。「おれはばかじゃないよ。昨晩も彼の話をしたばかりだろ、覚えてる？」アーロンは宿の亭主の肩越しに調理場のほうを見た。「なあ、もう行かなきゃならないんだ。間に合わないとカーターがぬれためんどりみたいに怒って——」

コートがなだめる仕草をした。「取引しよう、アーロン。わたしの言うことを聞いてくれるなら、食料は無料にするよ」彼はカウンターの上のビット銀貨を押し戻した。「そうしたら、これでローズに何かいいものをトレヤで買ってきてやれる」

アーロンが用心深くうなずいた。「取引成立だ」

「聞いた物語から、クォートについて何を知っている？ 彼はどんなだって？」

アーロンは笑った。「死んだことのほかに？」

コートがかすかに笑みを浮かべた。「死んだことのほかに」

「彼はあらゆる秘術を知っていた」とアーロン。「馬の耳にささやけば、百里走らせることができる六つの言葉を知っていた。鉄を金に変え、雷を一リットル瓶に詰めて、あとで使えるようにした。どんな鍵でも開けられる歌を知っていて、頑丈なオークのドアを片手で打ち破った……」

アーロンの話が脱線した。「物語によるんだ、本当に。ときにはガラント王子のようにいいやつでさ。人食い鬼の一団から女の子たちを救ったこともある……」

コートがまたかすかに笑った。「知ってるよ」

「……でも別の物語では、まさにろくでなしだ」と、アーロンが続けた。「大学から秘術を盗んだ。だから退学になったというよね。それから、王殺しのクォートと呼ばれなかったのは、リュートがうまかったせいだ」

笑みは消えたが、宿の亭主はうなずいた。「そのとおりだね。でも当人はどんなやつだった？」

アーロンは少し眉根を寄せた。「赤毛だった、ってこと？　どの物語でもそういわれているよ。剣を持てばまさに悪魔。おそろしく賢い。本当に口達者で、なんだってうまいこと言って切り抜けた」

宿の亭主はうなずいた。「そうだね。ではきみがクォートで、きみの言うとおり、おそろしく賢いとしよう。そうしたらロイヤル金貨千枚と公爵領のかかった賞金首だ。さあどうする?」

鍛冶屋の見習いは返答に困って首を振り、肩をすくめた。

「そうだな、もしわたしがクォートだったら……」宿の亭主が言った。「死んだかのように装って、名前を変えて、辺鄙(へんぴ)なところにある小さな町を見つける。そして宿屋を開いて、存在を消すことに努める」彼は少年を見つめた。「わたしならそうするね」

アーロンの視線が宿の亭主の赤毛に向けられ、カウンターの後ろに掛けられた剣に移って、また宿の亭主の目を見返した。

コートはゆっくりうなずいて、紀伝家を指さした。「こちらはただの書記ではない。言ってみれば史家みたいなもので、ここでわたしについての本当の物語を書き留めようとしている。きみは出だしを聞きそこねたけれど、お望みなら最後までいてもいい」彼は穏やかに微笑した。「だれも聞いたことのない物語を話してあげよう。この先だれも聞くことがない物語を。フェルリアンについての物語、アデムからどのように闘いかたを教わったか。アリエル王女についての真相も」

宿の亭主はカウンター越しに手を伸ばして、少年の腕に触った。「実のところ、アーロン、わたしはきみを気に入っている。きみはめずらしいくらい利発だと思うし、きみが無駄死にするのを見たくない」彼は深呼吸して、鍛治屋の見習いの顔を正面から見つめた。その目は、はっとするような緑色だった。「この戦いの始まりを、わたしは知っている。真実をね。きみもそれを聞いたら、あえて出ていって戦いの中で命を落とす気にはとうていならないだろう」

宿の亭主は紀伝家の脇のテーブルの空席をひとつ示して、とても魅力的でやさしい、おとぎ話の王子のような微笑を浮かべた。「どうかな?」

アーロンはしばらく宿の亭主を真剣な顔で見つめて、掲げられた剣に目を走らせ、また視線を戻した。「本当にあなたがそうなら……」声はだんだん小さくなったが、表情で疑問を示してみせた。

「本当にわたしがそうだよ」コートはやさしく請け合った。

「……なら、何色でもない外套を見せてくれる?」見習いは笑みを浮かべて尋ねた。

宿の亭主の魅力的な微笑が、砕けたガラス板のように硬く脆いものに変わった。

「クォートを勇者タボーリンとまちがえておられますな」紀伝家が部屋の端から淡々と言った。「タボーリンは何色でもない外套を持っていましたが」

書記のほうを振り向いたアーロンは困惑顔だった。「じゃあクォートが持っていたのは?」

「影の外套です」と、紀伝家。「わたしの記憶が正しければ」

少年はカウンターに向きなおった。「じゃあ影の外套を見せてもらえる？」と彼は言った。「ちょっとした魔法は？　前から見てみたかったんだ。小さな炎か稲妻でいいよ。へとへとになってほしくないから」

宿の亭主が返答するより先に、アーロンが突然笑いだした。「ちょっとからかっただけだよ、コートさん」先ほどよりいっそうにこやかな笑顔になった。「やれやれ、でもあなたみたいなほら吹きには今まで会ったことがないよ。アルヴァン叔父さんだって、真顔でそんなほらは吹けなかった」

宿の亭主はうつむいて何かつぶやいた。

アーロンはカウンター越しに手を伸ばして、コートの肩に大きな手のひらを置いた。「力になろうとしてくれているんでしょう、コートさん」アーロンは温かく言った。「あなたいい人だね。あなたに言われたことについて考えてみるよ。急いで入隊しようってわけじゃない。ただ選択肢を吟味してみたいんだ」

鍛冶屋の見習いは残念そうに首を振った。「本当だよ。だれもかれも今朝はちょっかい出してきてさ。おふくろは食べたものが悪くて具合が悪いと言い出すし、ローズは妊娠したと言ってきた」アーロンは笑いながら、片手で髪をかき上げた。「でも正直なところ、あなたが優勝だ」コートは弱々しい笑みを浮かべてみせた。「わたしも何か言ってみないことには、母上に顔向けできないと思って」

「もっと鵜呑みにしそうなほらを選んでいたらうまくいったかもね」とアーロン。「でもクォートの剣が銀でできていたことはだれでも知っているよ」彼は壁にかけられた剣をちらりと見上げた。「名前も**愚行**じゃなかった。詩人殺しの**ケイセラ**だ」

宿の亭主はすこし当惑した。「詩人殺し?」

アーロンはあくまで言い張った。「ええそのとおり。それにそこの書記さんが正しい。クモの巣と影だけでできた外套を持っていて、すべての指に指輪をしていた。歌詞はどうだったかな?

「かの人の一の手には石の指輪
　鉄、琥珀、木、骨——」

鍛冶屋の見習いは顔をしかめた。「続きが思い出せないや。火がなんとか言ったようだな……」

宿の亭主は無表情だった。カウンターに広げた両手を見下ろして、しばらくしてつぶやいた――

「二の手の指輪は目に見えず
そのうちひとつは流れる血
そのうちひとつはかすかな空気
そして氷の指輪は中に傷
ほのかに輝くは炎の指輪
最後の指輪は名前を持たず」

「それそれ」アーロンは微笑して言った。「カウンターの中にどれかあったりしない？」彼はもっとよく見ようとするようにつま先立った。

コートはあやふやに恥ずかしそうな笑みを浮かべた。「いやいや、あるとは言えないな」

バストが黄麻布の袋をカウンターにどすんと置いて、二人を驚かせた。「これならカウンターと二人、二日間やっていくのに充分すぎるほどだ」バストはぶっきらぼうに言った。

アーロンは袋を肩に担いで立ち去ろうとしてためらい、カウンターの中の二人を振り返った。「頼みがあるんだ。コブじいさんがおふくろのことは気をつけてくれると言ってくれたけれど……」

バストはカウンターから出ていくと、アーロンの先に立って戸口へ案内した。「お母上はだいじょうぶだと思う。お望みならローズのところにも立ち寄るよ」彼は鍛冶屋の見習いに、にっこりと淫らがましい笑顔を向けた。「彼女が寂しがるといけないからね」

「そうしてくれるとありがたい」アーロンの声にはただ安堵がこもっていた。「出てきたときちょっと興奮してた。慰めてもらえるとありがたい」

バストは扉を開けかけて手をとめて、まったく信じられないといった顔で肩幅の広い少年を見つめた。そして首を振ると、扉を最後まで開ききった。「ほら、行きなよ。都会を楽しんでおいで。水は飲むなよ」

バストは扉を閉めて、ふいに疲れたように戸板に額を押しつけた。「〝慰めてもらえるとありがたい〟？」信じられない様子で繰り返した。「あの子が賢いと言ったことは全部取り消す」バストは責めるように閉めた扉を指さしながら、カウンターの方に向きなおった。「毎日鉄を扱っているからああなるんだ」とだれに言うでなく、きっぱりと部屋の中に言った。

宿の亭主は乾いた含み笑いをしてカウンターに寄りかかった。「わたしの伝説の弁舌も、これまでか」

バストは軽蔑した様子で鼻を鳴らした。「あの子は愚か者だよ、レシ」

「愚か者を説得できないのが気休めになるとでも言いたいのか、バスト？」

紀伝家はそっと咳払いした。「むしろあなたがここでうまく演技なさってきた証のように見受けられます。宿の亭主をあまりにうまく演じてこられたから、みんなほかのありようを想像できないのですよ」紀伝家は人のいない酒場を手で示した。「実のところ、あの少年を入隊させないためだけに、あなたがここでの生活を危険にさらすとは驚きました」

「たいした危険じゃない」宿の亭主が言った。「たいした生活でもない」彼は身を起こしてまっすぐ立つと、カウンターの前にまわり、紀伝家のいるテーブルへ歩み寄った。「わたしには、このばかげた戦いで死ぬすべての人に対する責任がある。ただ一人助けられたらと思っただけだ。それも手に余ったようだ」

彼は紀伝家の向かいの椅子に身を沈めた。「昨日はどこまで話したかな？　できるなら繰り返しはごめんだ」

「風を呼んでアンブローズにすこし報いを受けさせたところです」戸口に立っていたバストが言った。「そして最愛の女性に猛烈にのぼせていたところ」

コートが目を上げた。「のぼせてはいないぞ、バスト」

紀伝家が平たい革のかばんをとりあげて、細かい正確な文字で四分の三が埋められた一枚の紙を示した。「よろしければ最後の部分を読み返しましょうか」

コートが手を伸ばした。「あなたの暗号はよく覚えているから自分で読める」と、疲れた様子で言った。「貸してくれ。呼び水になるかもしれない」彼はちらりとバストを見た。「聞くつもりなら来てすわりなさい。うろつかせてはおかないぞ」

コートが深く息を吸って、昨晩の物語の最後のページを眺めているあいだに、バストが大急ぎで席にやってきた。宿の亭主はしばらく黙っていた。その口が渋面のはじまりのようなものを形づくり、それからかすかな笑みの影らしきものになった。

ページから目を離さずに、コートは考えこむ様子でうなずいた。「若い時分の大半を、わたしは大学に行くためにつぎこんだのだな」と、彼は言った。「一座が殺される前から行きたいと思っていた。チャンドリアンというのが、たき火を囲んで話すただの怪談にはとどまらないと知る前から。アミルを探しはじめる前から」

宿の亭主は椅子の背にもたれた。疲れた表情が消えて、かわりに考えこむ表情になった。「そこに行けたなら何もかも楽になると思っていた。魔法を学び、あらゆる疑問の答えを見つけるのだと。すべてがおとぎ話のように単純だと思っていた」

すこしきまり悪そうな笑みを浮かべると、クォートは意外なほど若く見えた。「そうなれたのかもしれない。わたしが敵をつくったり、取り越し苦労したりする才能の持ち主でなければね。わたしはただ音楽を奏でて、講義に出て、答を見つけたかっただけなんだ。求めていた何もかもが大学にあった。ただ大学にいたかった」彼はひとりうなずいた。「そこから始めようか」

宿の亭主が紙を紀伝家に手渡すと、彼はうわの空で紙を片手でなでて平らに伸ばした。紀伝家はインクのキャップをはずして、インクにペンを浸した。バストは興奮した子どものように笑みを浮かべて、身を乗り出した。

クォートの輝く瞳は部屋じゅうに向けられ、すべてを取りこんだ。深く息をつき、ふいに笑顔をみせると、つかのままったく宿の亭主には見えなくなった。鋭く輝く目は、草の葉のような緑色だった。「準備はいいか？」

第三章　運

大学の学期はいつも同じように始まる。入学試験のくじ引きのあとに、面接が一旬間にわたって行なわれる。ある意味で必要悪といったところか。

このやりかたが始まったころは、きっと理にかなっていたはずだ。大学が小規模だったころは、現実的な面接だったと想像できる。学生が学んできたことについて師匠たちと話し合う機会。対話。議論。

だがこのころ、大学は千人以上を擁する規模になっていた。議論する暇はなかった。かわりに学生一人ひとりがほんの数分のうちに質問を雨あられと浴びせられた。面接は短かったが、たった一問まちがえたり、長くためらいすぎただけで、授業料に大きな影響を与えかねなかった。

面接まで、学生たちはひたすら勉強した。面接が終わると、祝杯をあげる者もいれば、酒を慰めにする者もいた。そのせいで入学試験の十一日間は、ほとんどの学生が、よくても不安げで疲れきっていた。最悪の場合は、睡眠不足か飲みすぎか、あるいはその両方のせいで、落ちくぼんだ目と青白い顔で屍人のように大学をさまよい歩いた。

個人的には、ほかのだれもがこのプロセスを深刻にとらえていることを奇妙に感じた。学生の大多数は貴族か裕福な商家の出身だった。彼らにとって高い授業料はちょっとした不都合でしかない。馬や娼婦に費やす小遣いが少なくなるだけのことだ。

わたしの場合は、もっと大きな賭けだった。師匠たちが授業料を決定したら、変更はできない。だから授業料が高すぎた場合は、資金繰りがつくまで大学を締め出されることになる。

入学試験の初日は、いつも祭りのような雰囲気だった。くじ引きで初日の半分がつぶれた。つまりもっとも早い面接枠を引いてしまった不運な学生たちは、たった数時間後に面接を受けなければならなかった。

わたしが着いたときには、長蛇の列が中庭にできていて、すでにタイルを引いた学生たちがひしめき合い、ぶつぶつ言いながら面接枠の売買や交換を試みていた。

ウィレムもシモンも見当たらなかったので、最寄りの列に加わって、財布の中のお金がどれほどわずかな額か考えないようにした——一タラント三ジョット。過去には、これがすさまじい大金に思えた時期もあった額だ。だが授業料としては、まるで不十分だった。

腸詰めや栗、温かいジュースやビールを売る荷車が出ていた。近くの荷車から温かいパンと肉汁の香りがした。お金に余裕がある人たち向けに積み上げられた豚肉のパイだった。

くじ引きはいつも、大学でもっとも広い中庭で行なわれた。ほとんどの人が三角旗広場と呼んでいたが、昔のことを覚えている少数の人たちは、質問ホールと称していた。わたしはさらに古い呼び名、〝風の家〟も知っていた。

敷石の上を木の葉が二、三枚舞っているのを眺めていて目を上げると、フェラが同じ列の三十人か四十人くらい前方からわたしを見ていた。彼女が温かい笑みを浮かべてこちらに手を振った。手を振り返すと彼女はその場を離れて、ぶらぶらと後方のわたしのところまでやってきた。

フェラは美人だった。絵画で見かけるような女性だ。貴族によくある手のかかった人工的な美人とはちがって、フェラはありのままで気取りがなく、大きな目の持ち主で、ふっくらした唇に絶えず笑みをたたえていた。十対一の比率で男子が女子より多いこの大学で、彼女は羊小屋の馬のように目立っていた。

「一緒に待たせてもらってかまわない？」フェラはわたしの隣に立って尋ねた。「話し相手がいないといやなの」彼女は後ろにいた男子学生二人組に快活に微笑みかけた。「割りこみじゃないのよ」と、フェラは説明した。「列の前から後ろに来ただけ」

彼らに異存はなかったが、目はフェラとわたしを交互に見ていた。大学でもっともかわいらしい女性のひとりが、並んでいた場所を離れてまでなぜわたしの隣にやってくるのか、不思議がっているのが聞こえてくるようだった。

もっともな疑問だ。当のわたしも知りたかった。

わたしは脇に寄って彼女の場所を空けた。すこしのあいだ、何も言わずに肩を並べて佇(たたず)んだ。

「今期は何を勉強するつもり？」と、尋ねた。

フェラは肩にかかる髪をなおした。「文書館の仕事を続けるつもり。化学を少々。それに、ブランデュール師に算術の多様体研究に勧誘されたの」

わたしはちょっと身震いした。「数字だらけだ。その水場ではぼくはカナヅチだよ」

フェラが肩をすくめると、先ほど後ろにはらった長い黒髪の巻き毛がまた落ちかかって、彼女の顔を縁取った。「一度理解できたらそんなに大変じゃないわ。何よりゲームみたいなもの」フェラはわたしに向かって首をかしげた。「あなたは？」

「医局の見学」と、わたしは答えた。「鯨場(げいじょう)での研究と仕事。ダルに受け入れてもらえたら共感術も。シアル語もやりなおしたほうがよさそうだ」

「シアル語を話せるの？」フェラが驚いた様子で尋ねた。

「なんとか」とわたし。「でもウィルに言わせると、恥ずかしくなるくらい文法がひどいって」

フェラはうなずくと、唇をかんで、流し目でこちらを見た。「エロディンからも講義に参加しないかと言われているの」声に心細さがありありと表われていた。

「エロディンが講義するの？」と、わたしは訊いた。「あの人が教壇に立たせてもらえるとは思わなかった」

「今期からよ」フェラが興味深げにわたしを見つめた。「あなた受講すると思っていたわ。レラールになったときの後見人じゃなかった？」

「そうだよ」とわたし。

「あら」フェラは気まずそうな表情になって慌てて付け加えた。「おそらくまだ声をかけていないのね。そうでなければ、個別に指導する予定なのかも」

手を振って否定したが、取り残された思いで心が痛んだ。「エロディンのことはだれにもわからないよ」と言った。「もしいかれてないとしたら、今まで会った中でいちばんの役者だ」

フェラは何か言いかけて、そわそわとあたりを見まわしてわたしに身を寄せた。彼女の肩がわたしの肩をかすめて、巻き毛がわたしの耳をくすぐった。「本当にふうてん院の屋根から投げ落とされたの？」

わたしはきまり悪さで含み笑いした。「ややこしい話でね」と言って、ややぎこちなく話題を変えた。「エロディンの講義の名前は？」

フェラは額をさすって不満げに笑った。「想像もつかないわ。講義の名前は、講義の名前だと言っていたの」フェラがわたしを見た。「どういう意味かしら？　原簿をあたったら〝講義の名前〟と書かれているということ？」

わからないと認めたところ、たちまちエロディンの話を披露しあうことになった。フェラによると、エロディンは裸で文書館にいるところを司書に見つかったことがあるらしい。わたしが聞いた話では、一旬間にわたって大学を目隠しして歩きまわっていたことがあるという。フェラの聞いた話では、言語をひとつゼロからつくりあげたという。

わたしが聞いた話では、評判の悪い地元の居酒屋で彼が殴り合いの喧嘩をしかけたのは、だれかが〝使う〟のかわりに〝利用する〟と言ってゆずらなかったからだという。

「その話は聞いたことがあるわ」と、フェラが笑った。「ただ場所は馬四亭で、相手は〝加えて〟と言うのをやめなかった准男爵だったけれど」

気づいたら列の先頭にいた。「クォート、アーリデンの息子」と名乗った。担当の女性が退屈そうにわたしの名前にしるしをつけたところで、わたしは黒いベルベットの袋の中からなめらかな象牙色のタイルを一枚引いた。そこにはこう書かれていた――〝伐(ばっ)曜日――正午〟。入学試験の八日目。準備の時間はたっぷりある。

フェラもタイルを引き終えたところで、一緒にくじ引きのテーブルから離れた。

「いつの枠だった?」と彼女に訊いた。

フェラが小さな象牙色のタイルをわたしに見せた。焚(ふん)曜日の四点鐘。非常にくじ運がよかったといえる、もっとも遅い枠の一つだ。「すごい。おめでとう」

フェラは肩をすくめてタイルをポケットに入れた。「あたしにとってはなんだって同じ。あえて勉強しないから。準備すればするほどだめなの。緊張してしまうだけ」

「じゃあ交換してしまえばいい」と、わたしはあたりをうろうろしている大勢の学生を身ぶりで示した。「その枠なら一タラント支払うやつがいるよ。もっと高いかも」

「交渉もあまり好きではないの」とフェラ。「自分で引き当てたタイルがいい枠だと思って、手放さずにいるわ」

列から解放されて、一緒にいる口実がなくなった。でもわたしはフェラと一緒に過ごすひとときを楽しんでいたし、彼女もなんとしてでも逃げ出したいようには見受けられなかった。そこで大勢の人が行き交う中で、中庭をあてもなくうろついた。

「おなかがぺこぺこ」フェラがふいに言った。「どこかで早い昼食にしない？」

わたしは財布がどんなに軽いか、痛いほどわかっていた。これ以上金欠だったら石でも入れておかないと風にはためくくらいだ。アンカー亭の食事は、音楽と引き換えに無料だった。だからよそで食べ物に金を使うのは、とりわけ入学試験が迫った時期には、まったくばかげたことだった。

「ぜひそうしたいよ」わたしは正直に言った。そして嘘をついた。「でも、あたりをすこし見てまわって、枠を交換したがるやつがいるかどうか様子をみるよ。ぼくは根っからの交渉人なんだ」

フェラはポケットを探った。「もっと時間がほしいなら、わたしのをあげるわ」

ひどく心引かれて、わたしは彼女の指先に挟まれたタイルを見つめた。さらに二日間の準備期間は天の賜物（たまもの）といえる。あるいは、手放して一タラント稼ぐこともできる。二タラントになるかもしれない。

やすく引っ張ってみせた。

「きみの幸運を取り上げたくない」と、わたしは微笑んだ。「きみがぼくの枠を欲しがるはずもない。それに充分きみには手厚くしてもらったよ」外套の肩のあたりをわかりやすく引っ張ってみせた。

フェラはそれを見て微笑むと、手を伸ばして指の節で外套の前身頃をなでた。「気に入ってくれてうれしいわ。でもあたしとしては、まだあなたに借りがあるの」彼女は不安げに唇をかんで、手を下ろした。「気が変わったら知らせると約束して」

「約束するよ」

フェラはまた微笑むと、わたしに軽く手を振って、中庭を抜けて去っていった。彼女が人混みを歩いていくのを眺めるのは、池の水面を風がわたっていくのを眺めるのに似ていた。違いといえば、波紋が広がるのではなく、若者たちが振り向いては通り過ぎる彼女を見つめることだ。

ウィレムがそばまでやってきても、わたしはまだ眺めていた。「それで、いちゃつくのは終わったか？」彼が尋ねた。

「いちゃついてなんかいない」

「いちゃついておくべきだったな」と、ウィレムが言った。「きみがその機会を無駄にしたら、ぼくが邪魔せずに行儀よく待っていた意味がない」

「そういうあれじゃない」と、わたし。「ただ親しいだけだよ」

「もちろんだ」とウィレムが言った。強いセアルド訛りが、声にこめた皮肉を倍増させた。「いつの枠を引いた？」

わたしはタイルを見せた。

「ぼくより一日遅いな」ウィレムが自分のタイルを差し出した。「一ジョットで交換しよう」

わたしはためらった。

「さあさあ」と、ウィレムが言った。「ぼくらみたいに文書館で勉強できるわけじゃないんだから」

わたしは彼をじろりと見た。「こちらの身をそこまでおもんばかっていただけるとは」

「ぼくがおもんばかるのは、文書保管術の師を激怒させたりしない賢明な人たちだけだ」と、ウィレムが言った。「きみみたいなやつと交換するのは、一ジョットでたくさんだ。お気に召しますか、召しませんか？」

「二ジョットが望ましいですね」わたしは人混みを見渡して、絶望して狂気じみた目つきをしている学生を探しながら言った。「できることなら」

わたしはウィレムを振り返って、注意深く見つめた。「一ジョット三ドラブ」とわたし。「それから、つぎにコーナーズをやるときは、シモンをパートナーにしていい」

ウィレムが含み笑いして、うなずいた。タイルを交換して、わたしはお金を財布にしまいこんだ——一タラント四ドラブ。小さな進歩だ。すこし考えて、タイルはポケットにしまった。

「さらに交換するんじゃないのか？」と、ウィレムが尋ねた。

わたしは首を振った。「この枠でいこうと思う」

彼は眉をひそめた。「どうして？　やきもきしたり、手持ち無沙汰に過ごしたりするほかに、四日間も何をして過ごすんだ？」

「みんなと同じだよ」と、わたし。「入学試験面接に備える」

「どうやって？」ウィレムが尋ねた。「まだ文書館には出入り禁止なんだろう？」

「ほかにも準備のやりようがある」と、わたしは謎めかして言った。

ウィレムが鼻を鳴らした。「あやしさ満点の言いぐさだなあ。そんなのじゃ、変な噂がたたないほうが不思議だ」

「噂がたつのは不思議じゃないよ」と、わたしは言った。「噂の中身が不思議なんだ」

第四章　タールとトタン

この数世紀のあいだに大学のお膝元で成長した街は、大きくはなかった。町と大差ない規模だったんだ、本当に。

それでも石大路の大学側の端では交易がさかんだった。商人たちが原材料を荷車で持ちこんだのだ——タールと粘土、小石、カリ、海塩。ラネットのコーヒー、ヴィンタスのワインといった高級品も持ちこまれた。アルエの上質な黒インク、学生がガラス工芸に使う純白砂、精巧につくられたセアルドのばねとねじ。

その商人たちが帰るときには、大学でしかお目にかかれないものが荷車にはいっぱいだ。医局の薬。切り株からとった色つきの水や、安いいんちき薬ではなくて、本物の薬だ。ナフサ、硫黄玉、倍石灰といった原料だけでなく、当時わたしがおぼろげにしか把握していなかった驚くべきものを秘術校は生み出していた。

ひいき目かもしれないが、大学がもたらす目に見える奇跡のほとんどは、工芸館が生み出したと言って差し支えないだろう。すりガラスレンズ。タングステンの鋳塊。グランツ鋼。薄葉紙のように裂ける、ごく薄い金箔。

だがわたしたちはもっとすぐれたものをつくっていた。共感ランプ、望遠鏡。熱喰い、ギアウィン。塩ポンプ。三葉コンパス。テッカムの巻き上げ機、デリヴァリの車軸。

わたしのような工芸術士がこういったものをつくり、それを商人が買い上げると、製作者に手数料が入った——売り上げの六十パーセントだ。わたしがわずかでもお金を持っていたのは、このおかげにほかならない。そして試験期間は講義がないので、鯨場で作業できる時間がまるまる一旬間あった。


倉庫へ向かった。工芸術士はここで署名して、道具と材料の貸し出しを受ける。長身で青白い顔の学生が、窓口でおそろしく退屈そうに立っているのを見て驚いた。

「ジャクシム？」と、声をかけた。「ここで何をしているんですか？　下っ端の仕事なのに」

ジャクシムが不機嫌そうにうなずいた。「キルヴィンがまだちょっと……ぼくにおかんむりでね」と、彼が言った。「ほら、あの火事とかいろんなことで」

「それは残念ですね」と、わたし。ジャクシムはわたし同様、一人前のレラールだ。今ごろはいくらでも自分の課題を手がけられたはずだ。こんな単調な仕事を強いられるのは、退屈なだけでなく、ジャクシムにとっては公の場で恥をかかされることでもあったし、お金も稼げないし、学業は遅れた。懲罰としては驚くほど徹底的だった。

「今は何が不足ですか？」と訊いてみた。

鯨場で手がける課題選びにはコツがあった。このうえなく明るい共感ランプをつくれたとしても、工芸術史上、もっとも効率の良い熱漏斗をつくれたとしても無意味だ。だれかが買ってくれないかぎり、手数料は安ペニー一枚も入らない。

ほかの大勢の働き手にとっては、どうでもいい問題だった。彼らは待てる。一方わたしにはすぐさま売れるものが必要だった。

ジャクシムは二人を隔てるカウンターに寄りかかった。「隊商がデッキランプをすべて買い占めていったところだ。今あるのはヴェストンの残した不格好なやつだけだな」

わたしはうなずいた。共感ランプは船にうってつけだ。壊れにくく、長期的にはオイルランプより安くつくし、船を炎上させる心配もない。

頭の中で計算した。一度にランプを二個つくれば、二度手間にならない分だけ時間が節約できて、授業料を払うときまでに、充分確実に売りさばける。

残念なことに、デッキランプづくりはひたすら単調でつまらない作業だった。四十時間にわたる苦役を要するし、何かへまをしようものなら、まったく点灯しない。そうなると時間をかけた挙げ句に残るのは、無駄になった材料代の倉庫への借りだけだ。

でも選択肢はかぎられていた。「ではランプにします」と、わたしは言った。

ジャクシムがうなずいて台帳を開いた。わたしは必要なものを思い出しながら挙げていった。「中型の生放出子を二十個、背の高い型を二個、ダイアの尖筆を一本、テンテンガラス、中型のるつぼ二個、錫四オンス、上質な鋼六オンス、ニッケル二オンス……」

ジャクシムがうなずきながら、台帳に書き留めていった。

八時間後、熱い青銅とタールと石炭の煙の匂いを漂わせながら、アンカー亭の表玄関をくぐった。もう真夜中で、大の酒好きが数人残っているだけだった。

「ひどいありさまだな」カウンターへ向かうわたしに、アンカーが声をかけてきた。

「ひどい気分です」と、わたし。「もう鍋に何も残っていませんよね？」

アンカーが首を横に振った。「今日はみんな腹を空かせていてな。明日のスープに入れるつもりだった冷えたジャガイモならある。それから焼いたかぼちゃが半分あるはずだ」

「ではそれを」と、わたし。「でも塩バターもあるとありがたい」

アンカーはうなずいて、カウンターを離れた。

「温めなくてだいじょうぶ。そのまま部屋へ持っていきます」と、わたしは伝えた。

アンカーが持ってきたのは、かなり大きなジャガイモ三個と、鐘のような形の黄金かぼちゃだった。かぼちゃの種をすくい取った中央部分に、バターがたっぷり塗られていた。

「ブレドンビールも一瓶ください」深皿を受け取って頼んだ。「蓋はつけたままで。階段にこぼしたくないから」

階段を三つ上がると、わたしの小さな居室にたどりついた。部屋の戸を閉めると、そっと深皿の中のかぼちゃを裏返し、瓶をその上にのせて、袋布で全体をくるんで、片腕で抱えて運べる包みをこしらえた。

それから窓を開けて、屋根の上に登った。そして路地を挟んだパン屋の屋根に軽く飛び移った。

欠けた月が空の低いところにかかって、人目につくと感じることなく、すべてが見えるくらいの明かりを提供していた。わたしもさほど心配していなかった。もうすぐ真夜中で、通りは静まりかえっていた。それに、意外なくらい世の人はめったに上を見ない。

アウリは幅の広いれんがの煙突に腰かけて待っていた。買ってあげたワンピースを着て、素足をぶらぶらと揺らしながら星を見上げていた。その髪はとても細くて軽く、ごくかすかなそよ風で彼女のまわりに広がって後光のように見えた。

わたしは平たいトタン屋根の真ん中に注意深く足を載せた。トタンはかすかに響く柔らかなドラムのように、足の下でたん、と低い音をたてた。揺れていたアウリの足がぴたりと止まって、驚いたウサギのように動かなくなった。そしてこちらを見ると笑顔になった。わたしは手を振ってみせた。

アウリは煙突から飛び降りて、髪を後ろになびかせながら、こちらにスキップでやってきた。「こんにちは、クォート」彼女は半歩下がった。「いやなにおい」

わたしはその日いちばんの笑顔でこたえた。「こんにちは、アウリ。きみはかわいい女の子のにおいだ」

「そうよ」アウリはうれしげに認めた。

彼女はつま先立ちで、軽々とすこし横にステップを踏み、また前に出た。「何を持ってきてくれたの?」アウリが尋ねた。

「きみは何を持ってきてくれた？」と返した。

アウリはにっこりした。「自分を梨だと思っているリンゴ」とリンゴを掲げた。「それから自分を猫だと思っている丸パン。そして自分はレタスだと思っているレタス」

「賢いレタスだな」

「全然」彼女はそっと鼻を鳴らした。「賢かったら、どうして自分のことをレタスだなんて思うのよ」

「それが本当にレタスでも？」とわたし。

「特にその場合はね」とアウリ。「レタスなだけで散々。自分がレタスだと思うなんて、どんなにつらいか」彼女が悲しげに首を振ると、まるで水中にいるようにふわふわと髪が顔の動きを追った。

わたしは包みを解いた。「ジャガイモと、かぼちゃが半分、それから自分をパンだと思っているビールをひと瓶、持ってきたよ」

「そのかぼちゃは自分がなんだと思っているの？」アウリは物めずらしげにかぼちゃを見下ろした。両手は背中の後ろに組んでいた。

「これは自分がかぼちゃだと知っているよ。でも沈んでいく太陽のふりをしているんだ」と、わたしは答えた。

「ジャガイモは？」

「眠ってる。それに冷たいんだ。おそれながら」

彼女はわたしを見上げて、やさしい目になった。「おそれないで」と彼女は言って、手を伸ばして、わたしの頰に一拍のあいだ指を置いた。羽でなでるよりやさしく。「あたしがいるわ。だいじょうぶ」


その夜は肌寒かったので、いつものように屋根の上で食事するかわりに、アウリの案内で排水溝の鉄格子から、大学の地下に四方八方に広がるトンネルへ下りた。

アウリが瓶を持ち、硬貨くらいの大きさの、柔らかな緑がかった光を放つものを掲げて進んだ。わたしは深皿と、キルヴィンに〝泥棒が使うランプ〟と呼ばれた自作の共感ランプを持っていた。ランプの赤みを帯びた光が、さらに明るいアウリの青緑の光と奇妙に合っていた。

アウリの案内でたどりついたのは、実にさまざまな形と大きさの配管が壁を伝うトンネルだった。一部の大きな鉄の配管には蒸気が通っていて、断熱用の布を巻かれていながらもしっかりと熱を放っていた。アウリは配管の湾曲部の布を剝いであるところに注意深くジャガイモを並べた。ちょっとしたオーブンだ。

　わたしの袋布をテーブル代わりに、二人で地面にすわって夕食を分け合った。丸パンはすこし硬くなっていたが、木の実とシナモン入りだった。まるごとのレタスは驚くほど新鮮で、アウリはどこからこれを見つけてきたのだろうかとわたしは不思議に思った。彼女は磁器のティーカップをわたしのために用意していて、自分は小さな銀の物乞いコップを使った。アウリがとてもおごそかにビールを注ぐ様子は、まるで王と紅茶を共にしているようだった。

　夕食のあいだは話をしない。試行錯誤を通じて学んだルールのひとつだ。触らない。急に身動きしない。少しでも個人的なことはいっさい質問しない。レタスについても、緑の硬貨についても訊けなかった。訊こうものなら彼女はトンネルへ走り去って、何日も会えなくなった。

　本当のところ、彼女の本名も知らなかった。アウリはわたしがつけた呼び名で、心の中では小さな月の妖だと思っていた。

　いつもながら、アウリの食べ方は上品だった。背筋を伸ばしてすわり、小さくかじった。彼女の持っていたスプーンを交互に使って、二人でかぼちゃを食べた。

「リュートを持ってこなかったのね」食べ終わって彼女が言った。

「読書に行かなくちゃならないんだ。でもすぐに持ってくるよ」

「どれくらいすぐ？」

「今夜から六晩」とわたし。そのころには入学試験も終わっているし、さらに勉強する意味はない。

アウリが小さな顔をしかめた。「六日はすぐじゃないでしょう。すぐは明日」

「石にとって六日はすぐだよ」

「じゃあ六日したら石のために弾いて」とアウリ。「そして、あたしのために明日弾いて」

「きみも六日間は石でいられると思うよ。レタスでいるよりましだ」

彼女はにっこりした。「そのとおりね」

リンゴを食べ終えると、アウリの案内で下のものを歩いた。何も言わずに頷き道を通り、飛び声を跳び越え、奥底に入った。ゆっくりした一定の風が満ちるトンネルの迷路だ。ひとりでも道はわかっただろうけれど、アウリに案内してもらうほうが好きだった。よろず屋が品物にくわしいように、彼女は下のものにくわしかった。

ウィレムの言ったとおり、文書館への出入りは禁じられていた。でもわたしはあいにく、いるべきでない場所に入りこむコツをいつも心得ていた。

文書館は窓のない巨大な石造りの建物だった。でも中にいる学生たちには新鮮な空気が必要だったし、本にはなおさらだった。空気が湿りすぎていると、本は腐ってかびてしまう。乾燥しすぎると、羊皮紙が脆くなってばらばらになってしまう。

新鮮な空気がどうやって文書館に入っているのか、突きとめるには時間がかかった。どのトンネルかわかっても、そこから入るのは容易ではなかった。おそろしく狭いトンネルを延々と這わなければならなかった。泥に汚れた石の上を、十五分は腹ばいで進むのだ。服をひとそろい、下のものに置いておいたが、たった十数回の行き来で膝と肘はほぼ完全に破け、すっかりだめになってしまった。

それでも、文書館に出入りするための代償としては微々たるものだった。もしも見つかったら、とんでもない罰を受けただろう。最低でも退学は免れなかった。だがもしも入学試験の出来が悪くて学費が二十タラントに決まったとしたら、それも追放に等しかった。だから本当に似たようなものだったんだ。

それでも見つかる心配はなかった。資料庫の照明は、学生と司書が持っている明かりだけだった。つまり文書館はいつも夜だったし、夜はわたしがもっとも快適に過ごせる時間だったのだから。

第五章　エオリアン

のろのろと日が過ぎていった。指がしびれるまで鯨場(げいじょう)で働いて、目がかすむまで文書館で読書した。

入学試験の五日目に、やっとデッキランプができあがったので、すぐ売れることを期待して倉庫に持っていった。さらにひと組つくろうかとも考えたが、授業料の期日までに仕上げられないことはわかっていた。

そこで別の手段でお金を稼ぐことにした。アンカー亭でもうひと晩音楽を奏でて無料の酒をもらい、真価のわかる聴衆から手のひらいっぱいの小銭を稼いだ。鯨場でも手間賃稼ぎの仕事をやって、真鍮の歯車、二重強化ガラス板など、単純で役に立つものをつくった。こういったものはただちに作業場に買い戻されて、わずかな利益になった。

そしてわずかな利益では不十分だったので、黄放出子を二束つくった。共感ランプに使うと、太陽光にとても似た心地よい黄色の光になる。かなりいいお金になるのは、浸けこむのに危険な物質が必要だったからだ。

重金属と蒸気状の酸は序の口だ。奇異な錬金術製の化合物こそが本当におそろしかった。たとえば痕跡ものこさず肌から浸透して、ひそかに骨のカルシウムを浸食する移送剤があった。また、ただ体内に潜んで、なにごともなく数カ月たってから、歯茎から出血して髪が抜けはじめるものもあった。錬金術棟でつくられるものに比べたら、ヒ素だって紅茶に入れる砂糖のようなものだった。

このうえなく慎重に作業していたが、二束目の放出子にとりかかっていたときテンテンガラスにひびが入り、わたしがいたドラフトのガラスに移送剤の小さなしずくが飛び散った。体にはまったく触れなかったものの、シャツには一滴飛び散って、つけていた長い革手袋の腕まわりよりずっと上のほうにかかった。

わたしはゆっくりした動作で、近くにあったキャリパーを使ってシャツの布地をつまみ、体から離した。そして万が一にも肌に触れないように、ぎこちなくその部分の布地を切り取った。この出来事に動揺して冷や汗をかいたわたしは、もっとましなやりかたでお金を稼ぐことにした。

医局仲間の当直シフトを一ジョットで代わり、商人が三台の荷馬車に積んだ石灰を下ろすのを一台あたり半ペニーで請け負った。その晩は、ブレスをやるという筋金入りの博打打ちたちのゲームに参加させてもらった。二時間のうちに思いがけず十八ペニー、そして鉄貨を少々失ってしまった。頭にきたが、それ以上損がかさむ前になんとかテーブルを離れた。

奮闘の結果、財布に残ったのは最初より少ない金額だった。

幸いにも、奥の手がまだ残っていた。

イムリまで足を延ばすことにして、幅広い石の道を歩いた。

同行者はシモンとウィレム。ウィレムは自分の遅めの枠を、必死になっていた司書に売って、かなりの利益を手にしていた。そのためシモンと同じく、入学試験を終えて子猫のように気楽なものだった。ウィレムの学費は六タラント八。一方シモンは五タラント二と、みごとに低い授業料が決まって、まだほくそ笑んでいた。

わたしの財布には一タラント三。不吉な数だ。

四人組の最後のひとりはマネだった。ぼさぼさの白髪交じりの髪と、いつもながらしわだらけの服のせいで、どことなく当惑しているように見えた。まるで起きぬけでどこにいるのかはっきり思い出せないみたいに。彼を連れてきたのは、コーナーズには四人必要だったからだが、また一方で、このあわれなやつを大学からときどき引っぱり出すのが自分たちの務めだと感じたせいもあった。

四人でアーチ状の巨大な石橋をわたり、オメティ川を越えてイムリに入った。秋の終わりの気候で、冷えこみに備えてわたしは外套を着こんでいた。背中にかけたリュートが心地よくおさまっていた。

イムリの中心街の玉石が敷きつめられた巨大な中庭を抜けて、ニンフを追いかけるサテュロスの像が立ち並ぶ、中央の噴水のそばを通り過ぎた。水が飛び散って風にあおられる中を、エオリアンから伸びる列に並んだ。

扉のところまで来て、デオクがいないのに驚いた。代わりにいたのは、背が低く、険しい顔をした太い首の男だった。彼が片手を突き出して言った。「一ジョットになります、若だんな」

「すまない」わたしはリュートケースの紐をずらして、外套に留めた銀のパイプを見せた。ウィル、シモン、マネを示して男に伝えた。「ぼくの連れだ」

男は疑わしげに目を細めてパイプを見た。「えらく若そうに見えるがね」と、またわたしの顔をじろりと見る。

「実際えらく若いからね」と、気安くこたえた。「それも魅力のうちだ」

「パイプを受けるには、えらくお若いということだよ」男は言いなおして、それがそこそこ礼儀正しい糾弾なのだと示した。

言葉に詰まった。実際の年齢よりは上に見られるのだから、十五歳より二、三歳は上に見えるはずだ。確かにわたしはエオリアン最年少の音楽家だった。いつもなら、それはちょっとした物めずらしさの種だから有利にはたらいた。だが今は……。返しを思いつくより先に、列の後方から声がかかった。「偽物じゃないよ、ケット」バイオリンケースを携えた背の高い女性がこちらにうなずいてみせた。「あんたがいないあいだにパイプを獲得したの。彼は本物よ」

「ありがとうマリー」門番に中へ促されて、わたしは彼女に礼を言った。

ステージがよく見える後方壁際のテーブル席が見つかった。近くの人たちの顔に目を走らせて、いつものごとくデナが見当たらなくて落胆しそうになるのをこらえた。

「入口でのやりとりはなんだったんだ?」マネがあたりを見まわして、ステージ、高い丸天井をじっくり見ながら尋ねた。「ほかの人らはここへ入るのに金を払っていたのか?」

わたしはマネを見つめた。「三十年間学生をやっていて、エオリアンに一度も来ていないの?」

「ああ、ほら」マネがあいまいな身ぶりで答えた。「忙しかったんだ。川のこちら側にはめったに来ない」

シモンが笑ってすわった。「わかりやすい言葉で説明するよ、マネ。音楽の大学があったとしたらここがその場所で、クォートはそこでは一人前の秘術士なんだ」

「へたなたとえだ」と、ウィレム。「ここは音楽の宮廷で、クォートは貴族のひとり。ぼくたちはこいつの威光のおかげで入れた。だからこそ長いあいだこの面倒な友人付き合いに耐えてるんだよ」

「ただ入るだけに、まるまる一ジョット?」とマネが訊いた。

わたしはうなずいた。

マネはあたりを見まわして、上階のバルコニーに集まる立派な身なりの貴族たちを目にすると、不明瞭なうなり声をあげた。「なるほど」マネが言った。「今日は一つ賢くなったようだ」

エオリアンはまだ客が入りはじめたばかりだったので、コーナーズで時間をつぶした。ただの友好を深める目的のゲームで、一手一ドラブ、だましは倍だったが、硬貨の持ち

合わせも乏しいわたしにとっては、どんな賭け金も高かった。幸いにも、マネは機械仕掛けの時計のように正確なプレイをした——トリックのまちがいなし、的はずれなビッドなし、勘に頼らない。

シモンが最初の一杯をおごり、マネが二杯目をおごった。エオリアンの照明が落とされるころには、マネとわたしがほかの二人に十手の差をつけて勝っていた。おおむねシモンが積極的に高くビッドしがちなせいだった。わたしは暗い満足感とともにジョット銅貨一枚をポケットに入れた。一タラント四。

年配の男がステージへ上がった。スタンチオンが短い紹介をしたあとに、彼は胸が痛くなるほどすてきな《テトンの遅い午後》をマンドリンで弾いた。軽やかですばやく、確かな指さばきだった。だがその声は……。

たいていのものは年齢とともに衰える。手も背中も硬くなる。目はかすむ。皮膚は荒れ、美しさは失われる。唯一の例外が声だ。きちんと大事にして、常に使いながら歳を重ねていけば、いっそう甘くなるのみ。彼の声は甘い蜂蜜ワインのようだった。歌が終わると心のこもった拍手喝采が起こり、すこしして照明が再びつくと、室内は会話で満たされた。

「演奏者が交代するたびに休憩が入るんだ」と、わたしはマネに説明した。「みんな話したり、歩きまわったり、飲み物をもらったりできるように。演奏中に話をしようものなら、テフルと天使の軍勢でも身の安全は保証できない」

マネは不機嫌になった。「おれにばつの悪い思いをさせる心配はいらん。まったくの野蛮人ではないぞ」

「お互いさまで注意を述べただけだよ。工芸館では何が危険か教えてくれたでしょう。ここでは何が危険か、こんどはぼくが教えているだけ」

「あのリュートはまた違ったね」と、ウィレム。「きみのとは違う音色だった。それに小さいし」

わたしは笑いそうになるのをこらえて、あっさり流すことにきめた。「あの種類のリュートはマンドリンと呼ばれているんだ」

「きみも弾くんだよね？」シモンが待ちきれない子犬のように、すわったまま身をよじった。「アンブローズのことを歌ったあの歌を弾くべきだよ」シモンが少しハミングして、歌った。

「ラバも魔法を学べるよ、ラバも授業を受けてるよ
若いロージーとちがって、バカ（ロバ）も半分だけだから」

マネがジョッキに顔を伏せてくすくす笑った。ウィレムもめずらしく破顔した。ぼくはあいこだと思ってる」

「いや」わたしはきっぱり言った。「アンブローズとのことは終わりだ。ぼくはあいこだと思ってる」

「そうだろうとも」ウィレムがまじめくさった顔で言った。

「本気だよ」とわたし。「なんの益にもならない。このやり合いは師匠がたを苛立たせるだけだ」

「〝苛立たせる〟というのはいささか穏やかな言葉だな」マネがそっけなく言った。

「おれだったらそれは使わんね」

「きみがやり返す番だろ」シモンが目を怒りでぎらぎらさせて言った。「それに歌を歌ったくらいで〝秘術校の一員にふさわしからぬ行為〟で処分されたりしないよ」

「そうだな。授業料を上げられるだけですむ」とマネ。

「なんだって?」とシモン。「そんなのないよ。授業料は入学試験の面接で決まるはずだ」マネが鼻で笑う声が、彼がまた口をつけたジョッキにうつろに響いた。

「面接は試験の一部でしかない。余裕があるやつには、少し多めに出させる。やっかいごとを起こした場合も同じ」マネは深刻な顔でわたしを見つめた。「こんどは両方からやられるぞ。前の学期に何回角にかけられた？」

「二回」とわたしは答えた。「でも二回目は本当にぼくに落ち度はなかった」

「そうだろうとも」マネはまっすぐこちらを見た。「だからおまえを縛り上げて鞭打ちで血みどろにしたんだな？　おまえに落ち度がなかったから？」

わたしは背中の治りかけた傷がひきつれるのを感じながら、すわったまま居心地悪く身じろぎした。「大部分において、ぼくに落ち度はなかった」と言いなおす。

マネは肩をすくめて受け流した。「落ち度は問題じゃない。雷雨を生み出すのは木じゃないが、どんなばかだって雷がどこに落ちるか知っている」

ウィレムがまじめにうなずいた。「ぼくの故郷ではこう言うんだ――〝出る釘は打たれる〟」彼は眉をひそめた。「シアル語ではましに聞こえるんだが」

シモンは困惑した顔つきになった。「でも面接で授業料の大部分が決まることは変わりないよね？」その口ぶりから、シモンは個人的にうらまれたり、政治的駆け引きが絡んだりする可能性を考えたこともないのだろうとわたしは思った。

マネは認めた。「大部分はな。でも問題を選ぶのは師匠がただし、それぞれ意見を言える」と指折り数えはじめた。「ヘンメはおまえをよく思ってないし、体重の倍のうらみをもてる人物だ。そしてローレンはと言えば、早い段階で機嫌をそこねて、そのまま嫌われ続けてる。おまえは問題児だ。前の学期の終わりは、ほとんど一句間講義をサボった。予告もなし、事後報告もなし」そして意味ありげにわたしを見た。

出られなかった授業の一部が、工芸館でマネから学ぶ実習だったことを痛いほど認識しつつ、わたしはテーブルに視線を落とした。

少しして、マネは肩をすくめて続けた。「何より、こんどはレラールとしての試験になる。位階が高くなれば授業料も高い。だからおれはこんなに長くエリールでいたんだ」と、険しい眼差しでわたしを見た。「おれの予想を言おうか？　十タラント未満ですんだら強運だな」

「十タラント」シモンが歯をくいしばったまま息をのむと、同情をこめて首を振った。「きみの羽振りがいいのは幸いだな」

「そこまで羽振りがよくはない」とわたしは言った。

「そんなわけないだろ？」シモンが尋ねた。「アンブローズがきみのリュートを壊したことで、師匠がたが科した罰金は二十タラントだ。それだけの金をどうしたの？」

わたしはリュートケースに視線を落として、そっと足で押した。

「新しいリュートにつぎこんだの？」シモンが震えあがって訊いた。「二十タラント？　それだけお金があれば何が買えたかわかる？」

「リュートだって？」ウィレムが言った。

「そんな大金を楽器につぎこめること自体、ぼくは知らなかったよ」と、シモンが言った。

「まだいくらだってつぎこめるぞ」とマネ。「馬みたいなもんだ」

このひとことで会話がすこし止まった。ウィレムとシモンが困惑してマネに向きなおった。

わたしは笑った。「なかなかいいたとえだ」

マネがわけ知り顔でうなずいた。「ほら、馬にもぴんからきりまであるだろう。弱ってる歳をくった農耕馬なら一タラントも出さずに買える。あるいは、脚を高く上げて歩くボールダー種なら四十タラントだ」

「ありえないな」ウィレムがうなった。「本物のボールダー種なら、その値段ではすまない」

マネが笑顔になった。「まさにそのとおり。どんなに高い馬の話を聞いたとしても、良いハープかバイオリンを買おうと思ったら、その額を優に超えるんだ」

シモンは愕然としたようだった。「でもぼくの父は、背の高いケープケン一頭に二百五十も出したことがあるよ」

わたしは身を傾けて指さした。「あの金髪の男性、彼のマンドリンはその二倍はする」

「でもさ」シモンが言った。「でも馬には血統がある。馬なら繁殖させて売れるよ」

「あのマンドリンにも血統がある」とわたし。「あれはアントレッサーが手ずからつくった。百五十年前からあるんだ」

わたしはシモンがその情報を踏まえて、室内のありとあらゆる楽器に目を向けるのを見守った。「それでも……」とシモン。「二十タラントなんて」彼は首を振った。「どうして入学試験が終わるまで待たなかったの？　残った金額をリュートに使えばよかったのに」

「アンカー亭で弾くのに必要だったんだ」と、わたしは説明した。「お抱え音楽家として無料で部屋と賄(まかな)いがついてくる。弾かなければ追い出される」

これは本当だったが、まったくの真実でもなかった。状況を説明すれば、アンカーは大目に見てくれただろう。でも待っていたら、リュートなしでほぼ二旬間過ごさなければならなかった。それは歯か手足を一本なくすに等しかった。二旬間くちを縫いとめられて過ごすようなものだった。考えられなかった。

「それに全部リュートに使ったわけじゃない」とわたしは言った。「ほかにもいくつか出費があってね」具体的にいうと、金貸しへの借金返済だ。六タラントかかったが、デヴィへの借りがなくなって、胸の重いつかえが取れたようだった。

だがまた同じ重みがのしかかってきたのが感じられた。マネの予想が半分でも正しいとしたら、思っていたより悪いことになる。

幸いにも、照明が落とされて室内が静かになりはじめたので、それ以上説明する必要はなくなった。目を上げると、スタンチオンがマリーをステージの上に案内していた。マリーが調弦をして、室内が静まりかえるまで、スタンチオンは近くの聴衆と雑談していた。

わたしはマリーが気に入っていた。ほとんどの男性より背が高く、猫のように誇り高く、少なくとも四つの言語を話せた。イムリの音楽家の多くは、全力を尽くして最新の流行をまねて貴族にとけこもうとしていたが、マリーは普段着だった。一日分の仕事をこなせるパンツに、三十キロ歩けるブーツ。

でも、泥くさい服を着ていたという意味じゃない。流行や見せびらかしを好まなかっただけだ。マリーの服は、明らかに彼女のためにあつらえられたもので、ぴったり体に合っていたし、見栄えした。この夜マリーが着ていた服はワインレッドと茶色で、彼女のパトロン、レディー・ハーレの色だった。

四人でステージを見つめた。「認めよう」ウィレムが静かに言った。「ぼくはマリーを本気で口説こうかと思ったこともある」

マネが低く含み笑いした。「あれはとんでもなくすばらしい女性だ。つまりおまえたちが太刀打ちできる相手の五倍くらいの女性だな」べつの機会なら、こんな言い方には三人とも堂々と抗議したかもしれない。でも彼の声にはまったくあざけりがこもっていなかったので、聞きとがめなかった。おそらく事実だったとくれば、なおさらだった。

「ぼく向けじゃないな」シモンが言った。「彼女はいつも、だれかと格闘するつもりか、荒馬を調教しに出かけるところみたいに見える」

「そうだな」マネがまた含み笑いした。「世が世なら、あんな女性のために神殿が建ったはずだ」

マリーが調弦を終えて、柔らかな春のそよ風のようにゆっくりとやさしく、甘いロンドを奏ではじめて、わたしたちは黙りこんだ。

口に出す暇がなかったが、シモンの見立ては実に正しかった。あるときわたしは、火打ち石とあざみ亭で、マリーが男の喉元を殴りつけるのを見たことがある。彼女を「あのおしゃべりなバイオリン弾きのあばずれ」と呼んだせいだ。倒れたところを蹴ってもいた。でも一回だけだったし、男に後遺症が残るような場所は蹴らなかった。

マリーが弾くゆっくりした甘いロンドは次第に勢いを増して、やがて軽快な速さになった。この旋律に合わせて踊ろうと考える人間は、ことのほか敏捷か、ことのほか酔っぱらっているかどちらかだ。

マリーの曲は勢いを増して、やがて人間が踊ろうとは考えもしない速さになった。もう速足などではなかった。子ども二人の競走くらいの速さの全力疾走だった。すさまじい速度にもかかわらず、指の運びが巧みで明快なことにわたしは驚いた。

いっそう速くなった。野犬に追われる鹿のような速さだ。指を滑らせたり、まちがえたり、音を飛ばしてしまったりするのは時間の問題だとわたしは緊張した。だがマリーは弾きおおせた。一つひとつの音が完璧で、力強く、甘かった。ひらめく指が弦の上で高く弧を描いた。おそろしい速さにもかかわらず、弓を持つ手首はゆったりと力が抜けていた。

さらに速くなる。集中している顔つきだった。弓を持つ手がはっきり見えない。いっそう速くなった。マリーは長い脚をしっかりとステージにつけて、あごでしっかりバイオリンを挟みこんで踏ん張っていた。一つひとつの音が、早朝の鳥の声のように鋭かった。また速くなった。

彼女はひとつもまちがうことなくどんどん速さを増して弾き続け、さっと弓を振り上げて曲を締めくくった。わたしは胸がどきどきして、走りすぎた馬のように汗をかいていた。

それはわたしだけではなかった。ウィレムとシモンの額にも汗が光っていた。テーブルの端をつかんだマネの指関節は白くなっていた。「慈悲深いテフルよ」彼は息をきらして言った。「ここはこんな音楽を毎晩やっているのか？」

わたしはマネに笑いかけた。「まだこれからだよ。ぼくの演奏をまだ聴いてないだろ」

ウィレムがつぎの一杯をおごり、話題は大学のつまらない噂話になった。マネは師匠たちの半数より長く大学にいたので、わたしたち三人を合わせたよりも醜聞にくわしかった。

白髪交じりのふさふさしたあご髭をたくわえたリュート弾きが、感動的な《妖しきモリー》を弾いた。つぎに二人のかわいらしい女性（一人は四十代で、もう一人はその娘くらいの若さ）が、若返りのラニエルを題材にした、聴いたことのないデュエットを歌った。

マリーがステージに呼び戻されて、とても熱をこめて単純なジグを弾いたのにつられて、客たちがテーブルのあいだで踊りだした。マネも最後のコーラスの部分で立ち上がり、意外にも軽やかな足取りを披露してわれわれを驚かせた。三人の声援を受けて踊ったマネは、席に戻ったときには上気した顔で、息を弾ませていた。

ウィレムがマネに飲み物をおごり、シモンがわくわくした様子でこちらを振り返った。

「いいや」とわたし。「あれは弾かない。言っただろ」

シモンが目に見えてひどくがっかりしたので、わたしは笑わずにいられなかった。

「じゃあ、こうしよう。客席を見てくるよ。スレペがいたらその方向に働きかけてみる」

わたしは混雑した室内をゆっくりと歩いた。たしかにスレペの姿がないか見てはいたが、本当に探していたのはデナだった。入口から彼女が入ってきた様子はなかったが、音楽、カードゲーム、喧噪（けんそう）を考えると、ただ見落としている可能性もあった。

全員の顔を見て、足を止めて二、三人の音楽家と話したりしていると、混雑したメインフロアをつぶさに見てまわるのに十五分かかった。

また照明が落とされたときは、ちょうど二階へ上がるところだった。手すりのところに落ち着いて、イルの笛吹きが悲しげで軽く弾むような曲を吹くのを見物した。

照明が明るくなってからエオリアンの二階を捜索した――幅広い三日月形のバルコニーだ。こうして探すのは、儀式以外のなにものでもなかった。デナを探すのは、好天の祈りにも似た徒労だった。

でもこの晩は例外だった。二階をそぞろ歩いていると、彼女が背の高い黒髪の紳士と一緒に歩いているのを見かけた。テーブルのあいだを縫って進む方向を変えて、さりげなく出くわすようにした。

三十秒後にデナがわたしを見つけた。デナは顔を輝かせて、わくわくした様子で笑みを浮かべ、紳士の腕から手を離して、近くに来るようにこちらへ合図した。

彼女の傍らにいる男は鷹のように誇り高い二枚目で、下あごの輪郭は灰れんがのようだった。まぶしいほど白い絹のシャツと、深く血の色に染め上げたスエードのジャケットを着ていた。銀の縫い取り。バックルとカフにも銀。モデグの紳士そのものの出で立ちだった。指輪を計算にいれなくても、彼の服だけでわたしの授業料が一年分払えそうだった。

デナは魅力的で人を引きつける同行者役を務めていた。昔、彼女がわたしと似たような服を着ている姿を見たことがあった――長持ちする、旅に適した飾り気のない服だ。でもこの晩デナが着ていたのは、緑色の絹のロングドレスだった。黒髪が顔まわりで巧みに波打ち、肩にかかっていた。喉にはなめらかな涙型のエメラルドのペンダントがかかっていた。ペンダントの色がドレスに完璧に合っているのは、偶然ではないはずだった。

一方、わたしは少々みすぼらしかった。少々どころではなかった。持っている衣服といえば、シャツが四枚、パンツが二本、雑貨がいくつか。すべて古着で、ある程度着古したものだった。この晩は一張羅を着ていたが、一張羅といってもあまり立派なものでないのはおわかりだろう。

唯一の例外が、フェラから贈られた外套だった。暖かくてすばらしい外套で、わたしのために仕立てられたものだ。色は緑と黒で、内ポケットがたくさんついていた。優雅とはいかなかったが、わたしの所有物の中でもっとも良いものだった。

近づいていくとデナが前に一歩出て、キスを受ける片手を差し出した。その所作は、高慢といっていいほど落ち着きはらっていた。落ち着いた表情で、礼儀正しい微笑を浮かべていた。一見すると、貧しい音楽家の若者に優雅に接する貴族の女性そのものだった。

彼女の目を除いて。デナの目は黒くて深い、コーヒーとチョコレートの色だった。デナの目は楽しさに踊り、たっぷり笑いを含んでいた。デナの後ろに立っていた紳士は、彼女が手を差し出したとき、かすかに眉をひそめた。デナがどんなつもりかわからなかったが、わたしが演じる役柄は想像がついた。

そこでわたしは腰をかがめ、深く頭を下げて、差し出された手に軽く口づけた。幼いころに宮廷ふうの作法を教えこまれていたので、やりかたはわかっていた。腰を折ることはだれにでもできるが、きちんとしたお辞儀には熟練を要する。

今回は丁重で見栄えするお辞儀をして、デナの手の甲に唇を押しあてたさいに、自分の手首を慎重に返して外套を片側に広げた。この返しがすこしむずかしいのだが、浴場の鏡で数時間かけて念入りに練習した結果、充分にさりげなく見せるこつをつかんでいた。

デナは木の葉が落ちるようにしとやかに膝を曲げたお辞儀をして、一歩下がって紳士の傍らに立った。「クォート、こちらはケリン・ヴァンテニア卿。ケリン、クォートです」

ケリンはわたしを上から下まで注視して、こちらが短く息をのむより早く、評価をくだした。彼は見下すような表情でうなずいた。蔑視されるのは初めてではなかったが、今回は胸が痛んだことにわれながら驚いた。

「御意に、閣下」礼儀正しく一礼して重心をずらし、肩を覆う外套がはずれて才能パイプが見えるようにはからった。

　男はわざとらしい無関心さで視線をはずそうとして、輝く銀のパイプに目を奪われた。宝飾品としてはたいしたものではなかったが、この場所では大きな意味を持っていた。ウィレムは正しい――エオリアンでは、わたしはいっぱしの貴族だった。

　そしてケリンもそれを理解していた。一拍考える間をおいて、彼も礼を返した。実のところ、うなずきとほとんど変わらなかった。礼儀にかなうぎりぎりの礼だった。「あなたとご家族に」と、彼は完璧なアトゥール語で言った。声はわたしより低く、温かみのある低音にモデグ訛りがわずかに音楽的な響きを添えていた。

　デナは彼の方に首を傾けた。「ケリンはわたしがハープに親しめるように教えてくださっているの」

「わたしはパイプを勝ち取るつもりでね」と、確信をこめた低い声で彼は言った。

　彼が話すと周囲のテーブルの女性が彼のほうに顔を向けて、飢えた色っぽい目つきで眺めた。彼の声はわたしには正反対の効果を与えた。金持ちで二枚目というだけで充分に悪い。だがそのうえ、温かいパンにかける蜂蜜のような声の持ち主だなんて、もってのほかだった。その声音に、しっぽをつかまれて、ぬれた手で逆毛をたてられた猫のような気持ちになった。

わたしは彼の手をちらりと見た。「ではハープ弾きでいらっしゃるのですか」

「ハープ奏者」と、彼は堅苦しく訂正した。「ペンデンヘールを弾いている。楽器の王だ」

わたしはなかば息をのんで、口をつぐんだ。モデグのすばらしいハープで、五百年前は楽器の王だった。最近では骨董品として珍重されていた。デナのために、議論せずに聞き流した。「今夜運試しをされるのですか？」

ケリンがわずかに目を細めた。「わたしの演奏と運は無関係だ。けれどちがう。今夜はディナエル嬢のご相伴を楽しむつもりだ」彼はデナの手をとって唇に当て、心ここにあらずといった様子で口づけた。ざわざわしている聴衆を、まるで所有者のように見わたした。「ここで立派な方々に囲まれて過ごすとするよ」

わたしはデナに目をやったが、彼女は目を合わせなかった。顔を傾けて、髪で隠れていたイヤリングをもてあそんでいた。喉元のペンダントに合う、小さな涙型のエメラルドだった。

ケリンがまたわたしを一瞥（いちべつ）した。わたしのサイズの合わない服装。しゃれた髪型というには長さの足りない髪は、長すぎて荒れているとしか言いようがなかった。「そしてきみは……笛吹きかな？」

もっとも安上がりな楽器だ。「管楽器奏者」と、わたしは軽やかに言った。「いえ、ちがいます。リュートが気に入っていまして」

ケリンの眉が上がった。「宮廷用リュートを弾くのか？」「一座用のリュートです」最善を尽くしたが、わたしの笑みはこわばった。

「ああ！」ふいに合点がいったというように、彼は笑った。「民俗音楽か！」

これも聞き流したが、先ほどより容易にはいかなかった。「席は確保されましたか？」と、明るく尋ねた。「ステージがよく見えるテーブルを下の階に仲間たちが確保しています。よろしければぜひご一緒に」

「彼女とわたしは三階にテーブルをとってある」ケリンはデナの方をあごで示した。「上階の人たちとご一緒するほうがはるかに望ましい」

ケリンの視野の外で、デナがあきれ顔で目をむいてみせた。

わたしは真顔でもう一度ケリンに丁寧なお辞儀をした。うなずくのをかろうじてうわまわるくらいの。「ではお引き留めせずにおきましょう」

わたしはデナに向きなおった。「お嬢さま、また訪問してよろしいでしょうか？」

デナはため息をついた。すっかりつけこまれた資産家の令嬢のように見えて、その目はこのばかばかしく形式的なやりとりをまだ笑っていた。「わかってくださるでしょう、クォート。数日は予定がとてもたてこんでいるの。でも今旬の終わりごろなら訪ねてくださっても。灰男亭に滞在しておりますの」

「ご親切いたみいります」と返して、ケリンにしたよりはるかに本格的なお辞儀をした。デナは、こんどはわたしに目をむいてみせた。

ケリンはデナに腕を差し出してわたしに肩を向け、二人で人混みの中に去った。優雅に人混みを抜ける二人の姿を見ていると、この店の持ち主か、あるいは購入して夏の別荘にしようと計画中なのではないかとすら思えた。あのようなゆったりした傲慢さが所作に出るのは、年配の貴族のみだ。この世のすべては自分たちを幸せにするためにあると心の底から感じている人々だ。デナはそれをみごとに演じているだけだが、ケリン・〝レンガアゴ〟卿のほうは、息をするのと同じくらい自然だった。

三階へ続く階段を二人がなかば上がるまで見送った。デナはそこで立ち止まって、頭に片手をやった。そして心配そうな表情であたりの床を見まわした。二人は短く言葉を交わして、デナが階段を上がる方向を指さした。ケリンはうなずいて階段を登り、見えなくなった。

ぴんときて床を見下ろすと、デナが立っていた手すりのそばに、銀色に光るものがあった。移動してその真上に立ち、通りがかったセアルドの商人二人にはわたしを避けてもらった。

階下の人混みを眺めるふりをしていると、デナが近寄ってきて肩をそっと叩いた。「クォート」デナが心配そうに声をかけてきた。「お邪魔してごめんなさい。イヤリングを片方なくしたみたいなの。捜すのを手伝ってくださらない？　ついさっきまでつけていたはずなの」

承知して、すぐに頭を寄せ合って上品に床の上を捜しながら、つかのま二人だけのひとときを楽しんだ。幸いにもデナのドレスはモデグふうで、脚まわりがゆったり広がっていた。連邦で流行している深いスリットが脇に入ったドレスだったなら、彼女が床にかがむ姿は醜聞ものだっただろう。

「ご神体よ」と、わたしはつぶやいた。「どこで彼を見つけてきたの？」

デナが喉で低く笑った。「静かに。ハープを習えとすすめたのはあなたでしょう。ケリンはいい先生よ」

「モデグのペダルハープはきみの五倍の重さだ。大広間用の楽器だよ。旅には持っていけない」

デナはイヤリングを捜すふりをやめて、まっすぐにわたしを見た。「あたしがハープを置ける大広間の持ち主にならないともかぎらないでしょう？」

わたしは床に視線を戻して、できる範囲で肩をすくめた。「習うにはいいと思うよ。今のところどう？」

「リラよりはいいわ」とデナ。「そこまではわかったの。でも《わらの中のリス》を弾くのがやっと」

「彼はうまい？」と、わたしはいたずらっぽく笑いかけた。「指の運びのことだけど」

デナはすこし顔をあからめて、一瞬わたしを叩きそうな気配をみせた。だが場にふさわしい立ち居振る舞いを思い出して、目を細めることで手を打った。「ひどいことというわね。ケリンは完璧な紳士よ」

「テフルよ、完璧な紳士からわれらを救いたまえ」と、わたし。

デナは首を振った。「言葉どおりの意味よ。彼はモデグから出たことがないの。籠（かご）の中の子猫みたいなもの」

「そしてきみは、今はディナエルなの？」とわたしは尋ねた。

「今はね。彼の前では」と言って、デナは口元をゆがめてちいさな笑みを浮かべ、横目でわたしを見た。「あなたからは今もデナと呼ばれるのがいちばん好き」

「知っておいてよかった」とわたしは言って、床についた手を上げて、なめらかなエメラルドの涙型のイヤリングを見せた。デナはイヤリングが見つかったと装って、それをかざして光に当てた。「ああ！　ここにあったわ！」

　わたしは立ち上がって、デナが立ち上がるのに手を貸した。彼女は肩にかかる髪をなおして、わたしに身を寄せた。「こういうのは不器用なの」とデナ。「お願いできる？」

　デナに歩み寄って間近に立つと、イヤリングを手渡された。かすかに野の花の香りがした。だがその香りに隠れて、秋の木の葉の香りがした。彼女の髪の深い香りのような、土埃と夏の嵐の前の空気の匂いのような。

「それで、彼は何者？」わたしはそっと口にした。「だれかの次男坊？」

かろうじて見てとれるくらいデナが首を振ると、髪がひとすじ落ちかかってわたしの手の甲をなでた。「本人が爵位持ち」

「スケテ・テ・レタア・ヴァン」わたしは毒づいた。「息子も娘も家に閉じこめておけよ」

　デナがまた静かに笑った。笑いをこらえる体が震えた。

「じっとしてて」わたしは彼女の耳をやさしくとらえて言った。

　デナは深呼吸をひとつして、心を落ち着けた。わたしはイヤリングを彼女の耳たぶに通して、一歩下がった。デナは片手を上げて確かめると、一歩下がり、膝を曲げてお辞儀した。「ご親切にありがとう」

わたしはもう一度デナにお辞儀した。先ほどのお辞儀に比べると洗練されていなかったが、今回のほうが誠実だった。「なんなりとわたくしめに、お嬢さま」

デナは向きを変えて去りぎわに、温かく微笑した。目がまた笑いを含んでいた。

形ばかり二階を探したが、スレペは見当たらなかった。デナと小君主に再び出くわす気まずさを味わう危険を冒したくなくて、三階はすっかりあきらめることにした。

シモンの陽気そうな様子を見るに、彼は五杯目あたりのようだった。マネはまぶたを半分閉じて、深くうつむいて椅子に腰かけていて、腹の膨らみにジョッキが心地よさげにおさまっていた。ウィレムは相変わらずで、黒い目からは表情が読み取れなかった。

わたしは席に戻った。「スレペは見当たらなかったよ。ごめん」

「残念。彼はきみにうまくパトロンをみつけてくれた？」とシモン。

わたしは苦々しい思いで首を振った。「アンブローズがここから百里四方の貴族を残らず脅すか、買収するかしたんだ。このあたりの貴族は相手にしてくれない」

ウィレムが尋ねた。「どうしてスレペ自身がパトロンにならないんだ？　きみを充分気に入っているのに」

わたしは首を振った。「スレペはもう三人の音楽家を支援しているんだ。実際には四人だけど、うち二人は夫婦だから」

シモンはゾッとしたようだった。「四人？　それでよく喰ってけるもんだなあ」

ウィレムが興味深げに首をかしげて、シモンが説明に身を乗り出した。

「スレペは伯爵なんだ。でも所領は実はそんなに広くない。彼の収入で四人の演奏者を支援するのはすこし……度を超しているんだ」

ウィレムが眉をひそめた。「酒と弦楽器でそんなにかかるはずないだろう」

「パトロンが責任を持つのはそれだけじゃない」シモンは指折り数えはじめた。「支援そのものに関する令状。そして演奏家の部屋代と食事代、一年ごとの賃金、一族の色を使った服をひとそろい……」

「伝統的にはふたそろい」と、わたしは口を差し挟んだ。「毎年ね」一座で育ったわたしは、グレイファロウ男爵から与えられるお仕着せを一度もありがたく思ったことがなかった。でも最近では、新しい服がふたそろいあったら、どんなに着るものがましになったか想像せずにいられない。

給仕係がやってくるとシモンがにっこりしたので、各人の前に置かれたブラックベリーブランデーがだれの支払いかはっきりした。シモンはグラスを掲げて静かに乾杯して、たっぷりひとくち飲んだ。わたしもグラスを掲げたし、ウィレムも乾杯したが、彼にとって痛手なのは明らかだった。マネは身動きもしなかったので、居眠りしているのではないかとわたしは思い始めた。

ウィレムはブランデーを置いた。「それでも割に合わない。パトロンは懐が寂しくなるだけじゃないか」

わたしは説明した。「パトロンは名声を手に入れる。だから演奏家たちはお仕着せを着る。それに芸達者な者たちを意のままに使える——パーティー、ダンス、公演。パトロンの求めで歌や劇を書くこともある」

それでもウィレムは疑わしげだった。「それでもパトロンが損をしているように見える」

マネが背を伸ばして椅子にすわりなおした。「それはおまえが世間の実態を半端にしか知らんからだよ。おまえは都会の子だ。たった一人の所領に建った小さな町で育つのがどんなものか知らん」

マネはわずかにこぼれたビールを使って、テーブルの中央に円を描いた。「これがポンシントン卿の領土だ。ここで良き平民として暮らしているとする」マネがシモンの空けたグラスを手に取って、円の中に置いた。

「ある日、ポンシントン卿の色を身にまとった男が町をぶらつく」マネはブランデーがなみなみと入った彼のグラスを持つと、ひょいひょいとテーブルを歩かせて、円の中のシモンの空のグラスの隣に置いた。「そしてこいつが地元の宿屋で歌を奏でてみんなに聴かせる」マネがシモンのグラスにブランデーをちょっと流しこんだ。

促されるまでもなく、シモンはにっこりしてそれを飲んだ。

マネは彼のグラスを足早に歩かせて、また卓上の円の中に入れた。「翌月、ポンシントン卿の色をまとった男がさらに二人やってきて、人形劇をやった」マネがさらにブランデーを注ぐと、シモンがいっきに飲み干した。「翌月、劇を上演した」繰り返し。

ここでマネは自分の木製ジョッキを手にすると、どたどたと卓上を歩かせて円に入れた。「すると同じ色の服を着た徴税人がやってくる」マネはじれったそうに木製ジョッキでテーブルをとんとん叩いた。

シモンはすこし戸惑っていたが、自分のジョッキを手にするとマネのジョッキの中にビールをちょっと注いだ。

マネがシモンを見つめて、容赦なくジョッキでテーブルを叩いた。

シモンは残りのビールをマネのジョッキにあけて笑った。「どっちみちぼくはブラックベリーブランデーのほうが好きだな」

「ポンシントン卿は、税のほうがお好みだ。そして市民は娯楽がお好みだ。徴税人は、毒を盛られたり、古い水車の裏に浅く埋められたりしないのがお好み」マネはビールをひとくち飲んだ。「だからこれでだれにとっても丸くおさまるわけだ」

ウィレムは一連のやりとりを黒い目で真剣に見守っていた。「それならよくわかるよ」

わたしは言った。「いつもそんなに金勘定どっぷりというわけでもないよ。スレペは純粋に音楽家たちが技能を磨く手助けをしたがっている。演奏家を厩舎の馬みたいに扱う貴族もいるんだ」と、ため息をついた。「それでも今のぼくよりましだ。何もない」

シモンは陽気に言った。「自分を安売りしちゃいけないよ。いいパトロンがつくまで待つんだ。きみにはその価値がある。ここのどの音楽家にもひけをとらないよ」

わたしは黙っていた。自尊心が邪魔をして真実を伝えられなかったのだ。ほかの三人には理解が及ばないくらい、わたしは貧しかった。シモンはアトゥールの貴族で、ウィレムの一家はラリアン出身の羊毛商だった。彼らにとって貧しいというのは、好きなだけしょっちゅう飲みに出るには金が足りないという意味だった。

授業料がのしかかってくるというのに、一ペニーも使う勇気はなかった。蠟燭も、インクも、紙も買えなかった。質に入れる宝飾品もない。小遣いもないし、故郷に手紙を受け取る親もいない。まともな金貸しはシム一枚たりとも貸してくれないだろう。当然ともいえる。わたしは根無し草の、エディーマ・ルーの孤児で、持ち物は麻布袋ひとつにおさまるくらいだった。しかも大きな袋でなくて事足りた。

やりとりが居心地の悪い領域に入ってしまう前に、わたしは立ち上がった。「音楽を生みだす頃合いだ」

わたしはリュートケースを持ち上げて、カウンターの角の席にすわっているスタンチオンのところへ向かった。「今夜は何をやってくれるんだ？」彼はあご髭を片手でなでつけながら訊いた。

「サプライズだよ」

スタンチオンは背もたれのない椅子を離れかけて動きを止めた。「それは暴動を引き起こしたり、店に放火されたりするようなサプライズか？」と、彼は尋ねた。

わたしは微笑して首を振った。

「よし」スタンチオンは笑顔になって、ステージに向かって歩き出した。「それなら、おれはサプライズ好きだ」

第六章　愛

スタンチオンが先に立ってステージに出て、肘掛けのない椅子を持ち出してきた。そしてステージの前方に出て聴衆と雑談した。照明が落とされて薄暗くなる中で、わたしは椅子の背に外套を広げた。

ぼろぼろのリュートケースを床に置いた。ケースはわたし以上にみすぼらしかった。もとはかなり立派だったのだが、何年も前、はるか遠くのことだ。いまや革の蝶番(ちょうつがい)はひび割れて硬くなり、本体はところどころすり切れて、羊皮紙のように薄くなっていた。もとからついていた留め金は繊細な銀細工だが、ひとつしか残っていない。ほかの留め金はなんであれゴミ漁りで手に入ったものに交換してきたので、今ではぴかぴかの真鍮、鈍く光る鉄と、ふぞろいなものがついている。

だが中身はまったく別物だった。この中身のために、翌日に備えて授業料をかき集めることになったのだ。ひどく値切ったが、それでもそんな大金を何かに費やしたのは初めてだった。あまりに大金だったので、きちんと合ったケースを買う余裕がなくて、古いケースに古布を詰めて間に合わせた。

リュートの木の部分は濃いコーヒーの色、あるいは掘り返したばかりの土の色だった。ボディーの曲線は、女性の腰のように完璧だった。静かな響き、輝く弦、爪弾く音。わたしのリュート。わたしの魂が形をとったもの。

詩人が女性について書いた詩を聞いたことがある。韻を踏み、うたいあげ、嘘をつく。陸に上がった船乗りが、ゆっくりとうねる波を黙って見つめるのを見ていたこともある。革のような心を持つ老兵が、王の色が風にはためくのを見て目に涙を浮かべるのを見たこともある。

よく聞いてほしい――彼らは愛を何も知らない。

詩人の言葉にも、船乗りの焦がれる眼差しにも、それは見つからない。愛を知りたければ、音楽を生みだす一座の者の手を見るといい。一座の者は知っている。

聴衆がゆっくりと静まるのを、わたしは眺めていた。シモンが夢中で手を振る姿に、微笑を返した。スレペ伯爵の白髪頭が二階の手すりのそばにあるのが見えた。彼はわたしのほうを身ぶりでさしながら、身なりの良い一組の男女を相手に真剣に話していた。まだわたしのために働きかけてくれているのだが、スレペもわたしも見込みがないのは知っていた。

わたしはみすぼらしいケースからリュートを取り出して、調弦を始めた。エオリアンで最高のリュートではなかった。粗は多い。ネックはすこし曲がっているが、弓のように曲がってもいなかった。ペグのひとつはゆるんでいて、調子が変わりやすかった。

わたしはそっと和音を奏でて、弦に耳を寄せた。目を上げると月のようにはっきりデナの顔が見えた。わくわくした笑顔で、連れの紳士から見えないテーブルの下で、こちらに指をひらひらさせていた。

ゆるいペグにやさしく触って、温かみのある木に両手を走らせた。塗料は剝がれて、ところどころすり減っていた。過去に荒っぽく扱われてはいるが、表面以外のすばらしさはそこなわれていなかった。

そう。たしかに欠点はあるが、心の問題となると、そんなことは無関係だ。われわれは愛するものに愛を向ける。そこに理由はない。多くの場合、愚かな愛は何より本物の愛だ。理由ありきで何かを愛することは、だれにでもできる。ポケットに一ペニー入れるくらいたやすい。だが何かを欠点にかかわらず愛することは、欠点を知り、それも愛すること。それは希有で、純粋で、完全なものだ。

スタンチオンがわたしに向かって腕をさっと広げた。短い拍手のあと、聴衆が耳を傾けようと静まりかえった。

二つ音を鳴らすと、聴衆の気持ちがこちらに傾くのを感じた。弦に触れて、微調整してから弾き始めた。いくつか音が鳴り響いたときには、だれもがそのメロディーに気づいていた。

《ベル・ウェザー》。はるか昔から羊飼いが口笛で吹いてきた調べ。単純きわまる旋律だ。バケツひとつあればだれにでも奏でられる。実際のところ、バケツはやりすぎだ。両手をカップのように丸めたらうまくいく。片手でもかまわない。指二本でもいい。

この曲は、率直に言えば俗謡だ。

《ベル・ウェザー》の旋律に合わせて、歌が百曲は書かれてきた。愛と戦いの歌。ユーモア、悲劇、欲望の歌。そのどれも使わなかった。言葉はなし。音楽だけ。旋律だけ。

視線を上げると、〝レンガアゴ〟卿がデナに体を寄せて、否定的なそぶりをしているのが見えた。わたしはリュートの弦から慎重に歌を引き出しながら微笑した。

だがほどなく、笑みがこわばりだした。額に汗が噴き出てきた。リュートに身をかがめて、両手の動きに集中した。指は走り、踊り、飛ぶように動いた。

雹を伴う嵐のように、真鍮を打つ金槌のように強く弾いた。秋の小麦に降りそそぐ陽の光のように柔らかく、揺れる一枚の木の葉のようにやさしく弾いた。その負担で、やがて息が切れはじめた。結んだ唇は血の気を失って、顔に薄い線を描いた。

中盤の繰り返しを乗り切るとき、頭を振って、目にかかる髪をはらった。汗が弧を描いて、ステージの木の床にぱたぱたと飛び散った。息は荒く、胸はふいごのように動き、泡汗をかいて走る馬のように負担がかかっていた。

歌の一つひとつの音が鮮やかに、はっきりと鳴り響いた。もう少しで一度へまをしそうになった。ほんのわずかな一瞬、リズムが揺らいだ……それからどうにか回復して押し進め、指は疲れてぼんやりしていたが、甘く軽やかに音を奏でて、なんとか最後の一節を乗り切った。

そして明らかにもう一瞬たりとも続けられないとなったときに、最後の和音が室内に鳴り響いて、わたしは疲弊して椅子に沈みこんだ。

聴衆から割れんばかりの拍手が沸き起こった。

だが全員からではなかった。室内にちらほらと散った数十人は拍手のかわりに大笑いを始めて、数人はテーブルを叩き、床を踏みならして、楽しげに声をあげた。

ほとんどすぐに、拍手はまばらになってやんだ。紳士淑女は拍手のなかばで手を止めて、大笑いする連中を見つめた。怒った様子の人もいれば、戸惑う人もいた。多くはわたしのためにただ腹を立ててくれて、怒りのこもったつぶやきが室内をさざ波のように広がっていった。

深刻な議論がはびこる前に、わたしは高い音をひとつ鳴らして片手を上げ、聴衆の関心を引き戻した。まだ終わりではない。まだまだ。

わたしはすわる位置を変えて、両肩をまわした。リュートを軽くかき鳴らし、ゆるんでいるペグに触れて、苦もなく二曲目に入った。

イリエンの音楽のひとつ——《ティンタタトーニン》だ。お聴きになったことはないだろう。イリエンのほかの作品からみると、異質な存在だ。第一に、歌詞がない。第二に、すてきな曲である一方で、世に知られているイリエンのほかの音楽の大部分に較べると、まったく耳に残りやすくないし、感動的でもない。

もっとも重要なことには、倒錯的といえるほど演奏がむずかしい。父は〝十五本の指の持ち主のために書かれた史上最高の曲〟と呼んでいた。わたしのうぬぼれが過ぎて、謙虚になる必要があると感じられたとき、父はわたしにこの曲を弾かせた。かなりの頻度で練習させられたし、ときには一日に二回以上になることもあったとだけ言っておこう。

その《ティンタタトーニン》を弾いた。椅子の背にもたれ、足首を重ねて、すこし力を抜いて。両手は弦の上をのんびりと動きまわった。最初のコーラスを終えたところで、わたしは晴れた日に家に閉じこめられている少年のように、息を吸って短いため息をついた。退屈そうに室内をあてもなく眺めまわす。

なおも弾き続けながら、すわり心地の良い姿勢をさがして身じろぎするが見つからない。顔をしかめて立ち上がり、どういうわけか椅子のせいだとでもいうように、椅子を見つめる。すわりなおして、すわり心地が悪そうな表情で身をよじった。

その間(かん)ずっと《ティンタタトーニン》の曲が流れ、たくさんの音が踊り、跳ねまわっていた。和音と和音のあいだにすこし間(ま)をとって、耳の後ろをけだるげに掻いた。

このささやかな芝居に没頭するあまり、本当にあくびがこみあげてきた。そこで最前列の人たちにはわたしの歯が数えられるくらい、本気で大口をあけて長いあくびをした。頭をはっきりさせようとするように、頭を振って、涙がにじむ両目を袖にこすりつけた。

このあいだずっと《ティンタタトーニン》の調べが軽快に流れていた。猛烈なハーモニーと対位旋律が折り重なり、跳ぶように離れる。すべてが完璧で、甘く、息をするようにたやすい。曲の終わりでは、絡み合う十二の旋律の糸を結びつけながらも、ひけらかさなかった。ただ手を止めて、両目をすこしこすった。クレッシェンドなし。お辞儀なし。何もなし。ぼんやりと指の関節をならして、前屈みになってリュートをケースにしまった。

こんどは最初に笑いが起きた。先ほどと同じ人々が、先ほどの倍の大きさで声をあげ、テーブルを叩いていた。わたしの仲間。音楽家だ。わたしは退屈そうな表情をやめて、心得顔で彼らににっこりしてみせた。

数拍おいて拍手が起こったが、まばらだったし、当惑している様子だった。照明がつくより先に、ささやき声でたくさんの議論が交わされはじめて、拍手はかき消された。

階段を下りていくと、マリーが満面の笑みを浮かべて駆け寄ってきた。手を握って、背中を叩かれた。続いて大勢の音楽家たちが残らずやってきた。身動きがとれなくなる前に、マリーが腕を絡めてテーブルへ戻らせてくれた。

「なんてこった」とマネ。「おまえ、ここじゃちょっとした王様だな」

「いつもなら、この倍以上の注目をあつめる」と、ウィレムが言った。「テーブルに戻ってきても、たいていまだ歓声があがっている。若い女性たちがウインクをして、彼の通り道に花を撒く」

シモンが興味深げに室内を見まわした。「反応が……」シモンは言葉を探した。「入り交じっているね。どうして？」

「なぜなら、この若き六弦弾きは鋭すぎて、自分で自分を傷つけずにいられないからな」とスタンチオンが言いながらわれわれのテーブルへやってきた。

「あなたもお気づきでしたか？」マネがこともなげに言った。

「おだまりなさい」と、マリー。「みごとだったよ」

スタンチオンがため息をついて首を振った。

「個人的には、何をおっしゃってるのかわたしも知りたいですね」ウィレムがきつい口調で訊いた。

「このクォートは世界一単純な曲を弾いて、亜麻から金を紡ぐように見せかけたの」と、マリーが言った。「そしてつぎに、ここでもほんのひと握りの人たちしか弾けない本物の音楽を選んで、それがとても簡単で、子どもでもブリキの笛で吹ける曲のように見せかけた」

「巧みな演奏だったことは否定しない」と、スタンチオン。「問題はそのやりかただ。最初の曲に飛びついて拍手した人がばかをみる。もてあそばれたと思う」

「そのとおり。演奏者が聴衆を操る。それがおもしろいところよ」とマリーが指摘した。

スタンチオンが答えた。「人はもてあそばれるのを嫌うもんだ。はっきり言えば、腹立たしく思う。だれだってかつがれるのはいやだ」

「厳密には」と、シモンがにやりとして口を挟んだ。「彼がかついだのはリュートだけど」

全員に顔を向けられて、シモンの顔から笑みがすこし失われた。「ね？ 実際かついだでしょ。リュートを」テーブルに視線を落としたシモンの顔から笑みが消えて、急にきまり悪そうに真っ赤になった。「ごめん」

マリーが屈託なく笑った。

マネが遠慮なく口を開いた。「つまり問題は二種類の聴衆がいるということだな」ゆっくりと彼が言った。「音楽をよく知っていて、悪ふざけがわかる人たちと、説明されないとわからない人たちがいる」

マリーはマネの手柄を称える仕草をした。「まさにそのとおり」マリーがスタンチオンに言った。「ここへ来ておいて今の冗談もわからないほどの物知らずなら、ちょっと鼻をあかされるべきね」

「そのほとんどが貴族でさえなければな。そしてわれらのお利口なだれかさんには、まだパトロンがいない」とスタンチオン。

「なんですって？」とマリー。「スレペが何カ月も前に話を広めたのに。なんでだれもあなたをさらってないの？」

「アンブローズ・ジャキス」とわたしは説明した。

マリーはぴんとこない様子だった。「音楽家？」

「男爵の息子」と、ウィレム。

マリーはけげんそうに眉をひそめた。「どうやったらパトロンをあなたに近づけないなんてことができるの？」

「暇をたくさんと、神の二倍のお金」わたしは冷ややかに言った。

「あいつの父親はヴィンタスいちばんの有力者のひとりなんだ」マネが付け加えて、シモンに顔を向けた。「あいつはどれくらいだ、王位継承権は十六位か？」

「十三位」シモンがむっつりして言った。「二ヵ月前にサーザン家が全員海で死んだ。アンブローズは父親が王座につくまで、たった十二歩だって言いまくってるよ」

マネがまたマリーに向きなおった。「つまりこの男爵の息子はすさまじい影響力を持っていて、それをためらうことなく乱用しているんだ」

スタンチオンが口を開いた。「完全に公平を期すなら、若きクォートが連邦一の判断力ある著名人ではないことも言っておくべきだな」と咳払いした。「今夜のパフォーマンスでもおわかりのように」

「若きクォートと言われるのはいやなんだ」と、わたしは脇ぜりふでシモンにつぶやいた。シモンは同情的な目でこちらを見た。

「それでもすばらしかった」とマリーはスタンチオンに向きなおり、しっかり足を踏ん張って言った。「この一カ月間ではだれより気の利いたことをやってのけたじゃない」わたしはマリーの腕に片手を置いた。「彼の言うとおりだ。ばかをやったよ」わたしはためらいがちに肩をすくめた。「いや、パトロンがついてくれるという望みをぼくがまだかけらでも持っていたならばかだった」まっすぐにスタンチオンの目を見た。「でももうあきらめた。その見込みをアンブローズに完全に潰されたのはお互いわかっているはずでしょう」

「いつまでも続くわけじゃない」スタンチオンが言った。

わたしは肩をすくめた。「では、これでどう？　伝聞をもとにぼくを嫌う人たちに応えるより、友だちを楽しませる曲を弾きたい」

スタンチオンは息を吸いこんだが、それを勢いよく吐き出した。「いいだろう」すこし笑みを浮かべて彼が言った。

短い沈黙があって、マネが意味ありげに咳払いして、テーブルの周囲に目を走らせた。

それでぴんときて、わたしは一同を紹介した。「スタンチオン、大学の仲間のウィレムとシモンは知っていますよね。こちらはマネ。学生で、たまにぼくの指導者。みんな、こちらがスタンチオン。エオリアンの舞台の司会、所有者、進行役でもある」

「お目にかかれて光栄です」スタンチオンは礼儀正しく会釈して、そわそわと室内を見わたした。「司会といえば、仕事に戻らないと」去りぎわにわたしの背中をぽんと叩いた。「仕事に精を出しながら、火消しができるかやってみよう」

わたしは感謝のしるしに微笑して、それから大げさな身ぶりでマリーを紹介した。「みなさま、こちらはマリー。その耳でお聴きのとおり、エオリアン随一のバイオリン弾き。その目でごらんのとおり、千里四方でもっとも美しい女性。その叡智でおわかりのとおり、もっとも賢明な……」

にやりと笑って、マリーがわたしを叩いた。「わたしがこの身長の半分も賢かったら、ここで口出ししてあなたの肩を持ってないわね」とマリーが言った。「あわれなスレペは本当にあなたのためにずっと遊説していたの？」

わたしはうなずいた。「見込みはないと伝えたよ」

「あなたが人をあざ笑ってばかりいたら、そうね。あなたくらい世渡りの勘所をはずした人に会ったことないわ。生まれ持った魅力がなかったら、今ごろはもう刺されてるわよ」

「思いこみでしょ」わたしはぼそぼそと言った。

マリーがテーブルを囲む友人たちに向きなおった。「みんなにお会いできてうれしいわ」

ウィレムは会釈して、シモンは笑顔になった。だがマネはすっと立ち上がって手を差し出した。マリーがその手をとると、マネは心をこめて両手で握手した。

「マリー。あなたに心引かれています。一杯おごらせていただいて、あなたと話を交わす喜びを今宵少々いただけますかな」

わたしは驚きのあまり目を見張るしかなかった。並び立つ二人は、まるでつり合わない本立てのように見えた。マリーはマネより十五センチは背が高かったし、長い脚はブーツのせいでいっそう長く見えた。

一方マネはいつもどおりの身なりで、白髪交じりでだらしないうえに、マリーより少なくとも十歳は上だった。

マリーはまばたきして、考えるようにすこし首を傾げた。「いま友だちと一緒なのよ。お開きになるのは遅いかも」

マネは平然と答えた。「いつだってかまいません。必要ならよろこんで睡眠時間を削りましょう。ためらわずにはっきり考えを述べる女性と最後にご一緒したのはいつだったやら。あなたのような方は最近ではめずらしい」

マリーはマネをもう一度眺めた。

マネは彼女と目を合わせて、舞台の上にいるように自信に満ちあふれた魅力的な笑みを浮かべた。「ご友人から引き離すつもりはありません。でもわたしの足が踊り出すようなバイオリンを弾いたのは、この十年間であなたが初めてだ。せめて一杯くらいはおごらせてほしい」

マリーが返した笑みは、おもしろさ半分、苦笑半分といったところだった。「今は二階にいるの」と彼女は階段のほうを示した。「でもお開きになるまで二時間くらいかな……」

「なんと寛大な。そちらへうかがいましょうか?」

「よろしく」マリーは言って、考え深げに彼を見て立ち去った。

マネは席に戻って、酒を口にした。

シモンはほかのみんな同様あっけにとられていた。「今のいったい何?」シモンが迫った。

マネはあご髭の中で含み笑いをすると、ジョッキを胸元に両手で持って、椅子の背にもたれた。そして気取って言った。「あれはだな、おれにはわかっていてもおまえら子犬にはわからんことのひとつにすぎんよ。まあ見てろ。せいぜい学ぶんだな」

貴族は音楽家に感謝の気持ちを示したいとき、お金を渡す。わたしも最初にエオリアンで演奏を始めたころは、この手の贈り物を二、三回もらったことがあったし、当時はそれで授業料を払って、ぎりぎりながらもなんとかやっていけた。でもアンブローズがわたしをつぶすための活動をしつこく続けていたので、そういったものを手にすることがなくなって数カ月たっていた。

　音楽家は貴族より貧しいが、それでもショーを楽しむ。だから他人の演奏を気に入った場合、音楽家は酒をおごる。それが、この晩エオリアンにわたしがいた本当の理由だった。

　マネはコーナーズをもう一ゲームやるためにテーブルをきれいにしようと、濡らした布をもらいにぶらぶらとカウンターへ歩いていった。戻ってくる前に、セアルド人の若い笛吹きがやってきて、われわれに一杯ずつおごらせてもらうことは可能だろうかと尋ねてきた。

　可能だった。笛吹きが近くにいた女給に合図して、われわれはそれぞれ好きなものを頼み、マネには加えてビールを一杯もらった。

　酒を飲み、カードをやって、音楽に耳を傾けた。マネとわたしは手札が悪くて、立て続けに三回負けた。すこし不愉快だったが、スタンチオンが言ったことは正しいかもしれないというひそかな疑念に比べればたいしたことはなかった。

金持ちのパトロンがいれば、わたしの問題の多くは解決するだろう。金のないパトロンだって、金銭的に多少の余裕は与えてくれるはずだ。少なくとも窮地に陥った場合、危険な人たちを相手にしなくても借金できるあてがあるのだ。

考えごとにとらわれているうちにへまをして、四回立て続けに負けて一回降りるはめになってしまった。

マネはカードをかき集めながら、わたしをにらみつけた。「入学試験の手ほどきを一つしてやろう」とマネが片手を上げて、腹立たしげに指を三本立てた。「持ち手にはスペードが三枚、そして場にはスペードが五枚出てきた」もう一方の手を上げて、指を大きく広げる。「全部でスペードは何枚だ？」マネは椅子に背中を預けて腕組みをした。「じっくり考えろ」

「マリーがあなたと一緒に飲む気があると知って、こいつはまだくらくらしているんだ」ウィレムはそっけなく言った。「ぼくたちみんなそうだ」

「ぼくはちがうよ」シモンが元気よく言った。「あなたならできると思ってた」

エオリアンでいつも働いている女給のリリーがやってきて、話が遮られた。「何が起きてるの？」彼女がくだけた調子で訊いた。「だれか気前のいいパーティーでもやってるの？」

「リリー、もしぼくが一杯つきあってと言ったら、考えてくれる？」とシモンが訊いた。

「ええ」リリーはあっさり言った。「ちょっとだけだけれどね」とシモンの肩に片手をのせた。「みなさん、ついてますよ。すぐれた音楽を愛する匿名の崇拝者が、このテーブルの方に一杯ずつおごるって」

「ぼくはスカッテン」ウィレムが言った。

「蜂蜜酒」シモンがにっこりして言った。

「ぼくはサウンテンにします」とわたし。

マネが片方の眉をつり上げた。「サウンテンだって？」ちらりとわたしを見て言った。

「おれも一杯もらおう」彼は抜けめない様子でリリーを見やって、わたしのほうにあごをしゃくった。「もちろんこいつの払いで」

「本当に？」リリーが言って、肩をすくめた。「すぐお持ちしますね」

「みんなをすごく感心させたんだから、ちょっとお遊びしてもいいだろう？」シモンが尋ねてきた。「ロバについての曲は……？」

「ないと言ったら、なし」と、わたしは言った。「アンブローズとのことは終わりだ。これ以上やつの反感を買うことはない」

ウィレムが言った。「きみはやつの腕を折った。これ以上ないくらい反感を持たれていると思う」

「あいつはぼくのリュートを壊した。おあいこだ。過去のことは水に流す」

「よく言うよ」と、シモンが言った。「きみはあいつの煙突に傷んだバターを一ポンド落としただろ。あいつの鞍帯をゆるめ……」

「黒い手、だまれ！」あたりを見まわしながらわたしは言った。「ひと月も前のことだし、ぼくがやったと知っているのはきみたち二人だけ。それに今マネが加わった。それから聞こえる距離にいる人たち全員だ」

シモンはばつの悪さに赤くなり、リリーが飲み物を運んでくるまで、会話が途絶えた。ウィレムのスカッテンは、伝統的な石のコップに入っていた。シモンの蜂蜜酒は、背の高いグラスの中で金色に輝いていた。マネとわたしは木のジョッキだった。

マネが笑みを浮かべた。「前にサウンテンを頼んだのはいつだか思い出せん」彼はじっと考えた。「自分で注文したことはないような気がするな」

「ぼくが知っている人で、ほかにそれを飲むのはきみだけだよ」とシモン。「このクォートはあっさりいっき飲みするけど。ひと晩に三、四杯」

マネがぼさぼさの眉を片方上げて、わたしを見た。「こいつらは知らんのか？」と訊く。

わたしはジョッキに口をつけながら首を振った。おもしろがるべきか、きまり悪く思うべきかわからなかった。

マネが自分のジョッキをシモンのほうへ滑らせると、シモンはそれを手にとってひとくち飲んだ。眉をひそめてさらにひとくち。「水？」

マネがうなずいた。「昔からの娼婦のごまかし手だ。おまえが娼館の酒場で女を口説いていて、ほかの男とはちがうところを見せたいとしよう。上品な男だとな。そこでおまえは一杯おごろうと持ちかける」

マネがテーブル越しに手を伸ばしてシモンからジョッキを取り戻した。「だが女は仕事中だ。酒なんぞいらん。欲しいのはお金だ。そこでサウンテンか、ぺベレットか、何かを注文する。おまえが支払いをして、バーテンダーが彼女に出すのは水だ。その晩の終わりに、女は代金を店と山分けする。聞きじょうずだったら酒場でもベッドと同じくらい儲かる」

わたしは口を挟んだ。「ぼくらは三分割だ。三分の一が店、三分の一がバーテンダー、三分の一がぼく」

「そりゃぼられてるな」マネが率直に言った。「バーテンダーは店から分け前をもらうべきだ」

「きみがアンカー亭でサウンテンを頼むのを見たことがないよ」とシモンが言った。

「グレイスデール蜂蜜酒だろう」とウィレム。「いつもそれを頼んでいる」

「でもぼくだってグレイスデールを頼んだことがある」とシモンが言い張った。「甘いピクルスとしょんべんみたいな味だ。それに……」シモンの声がだんだん小さくなった。

「思ったより高くついたろ？」マネがにやにやしながら尋ねた。「小ジョッキのビールの値段のためにこんな手間をかけたって仕方ないじゃないか」

「ぼくがグレイスデールを注文したらどういう意味か、アンカー亭の人間には通じるんだ」わたしはシモンに話した。「実在しないものを頼んだりしたら、すぐにバレちまう」

「どうして知ってるんです？」シモンがマネに尋ねた。

マネが含み笑いした。「おれみたいな老いぼれが、知らんことはない」

照明が薄暗くなって、われわれはステージに向きなおった。

ここから長い夜になった。マネはもっとすてきなところへと去り、ウィレムとシモン

とわたしは、テーブルの上の杯を片づけるのに全力を尽くした。わたしの演奏を楽しんだ音楽家たちがつぎつぎと一杯ずつおごってくれたのだ。とんでもない量になったよ、本当に。わたしが厚かましくも当てにしていたよりはるかに多かった。

ほとんどはサウンテンを飲んだ。金を稼いで授業料に充てるのが、この晩エオリアンを訪れた大きな理由だったからだ。この小技を覚えたウィレムとシモンも、二、三回注文した。わたしにとっては二重にありがたかった。二人を手押し車で送っていかなくてすむからだ。

三人とも音楽と噂話を満喫した。加えてシモンは女給を無駄に口説いてはふられるのに飽きた。

店を出る前にバーテンダーのところに立ち寄って、二分の一と三分の一の違いについてそっと話し合った。交渉の末に、わたしは一タラント六ジョットの現金を手に入れた。ほとんどは仲間の音楽家たちがこの晩おごってくれた飲み物のおかげだった。

わたしは硬貨をすべて財布に入れた――三タラントきっかり。

交渉の結果、焦げ茶色の瓶も二本手に入った。「それ何?」瓶をリュートケースにしまっていると、シモンが訊いてきた。

「ブレドンビール」わたしはリュートのクッションにしていた布を動かして、瓶が当たらないようにした。

「ブレドンビール」ウィレムが侮るようにこもった声で言った。「ビールより、パン（ブレッド）に近い」

シモンも同意して、しかめ面でうなずいた。「酒を嚙まなきゃならないのはいやだな」

「そんなに悪くない」わたしは言いわけがましくこたえた。「小王国群では女性が妊娠したときに飲むんだ。アーウィルが講義で話したことがある。花粉と魚油とさくらんぼの核を加えて醸造する。あらゆる微量栄養素が入っているんだ」

「クォート、ぼくたちはきみを見下すようなことはしない」ウィレムがわたしの肩に手を置いて気遣うような顔をしてみせた。「シモンとぼくは、きみがイルの妊婦でも気にしないよ」

シモンが鼻を鳴らして、自分で鼻を鳴らした事実に笑った。

われわれ三人は大学をめざしてゆっくり引き返し、アーチ型の高い石橋を渡った。そしてまわりにだれも聞いている者がいなかったので、シモンのために《うすのロバ（ジャツカス・ジャツカス）》を歌ってやった。

ウィレムとシモンはよろめきながら、ミュウズの自室へそっと帰っていった。だがわたしはまだ寝る気分でなかったので、冷たい夜の空気を吸いながら、人気（ひとけ）のない大学の道をそのまま歩き続けた。

閉店後の暗い薬屋、ガラス工房、製本所の前をそぞろ歩いた。秋の落ち葉と、その下の緑の草のすっきりした埃っぽい匂いを嗅ぎながら、刈りこまれた芝生を横切った。宿も酒場もほぼすべて暗いままだったが、娼館の明かりは明々と灯（とも）っていた。

師匠の間（ま）の灰色石（グレーストーン）が月の光を浴びて銀色に輝いていた。中にひとつだけ灯る薄明かりがステンドグラスの窓を照らして、古典的な姿のテッカムを浮かび上がらせていた――洞穴の入口に裸足で立ち、若い学生たちの群れに話しているところだ。

クルーシブルの前を通り過ぎる。林立する無数の煙突は、月明かりの中で暗く、ほとんどは煙を吐いていなかった。夜でもアンモニア、焦げた花、酸、アルコールの匂いがした――千の香りが混ざって、数世紀のあいだに建物の石にしみついていた。

最後が文書館だった。五階建てで窓はなく、とてつもなく大きな道の石を思い出させた。巨大な扉は閉じていたが、扉の縁から共感ランプの赤みを帯びた光が漏れているのが見えた。入学試験のあいだ、ローレン師匠は夜間も文書館を開けていて、秘術校の学生全員が心ゆくまで勉強できるようにしていた。全員というのは、当然ながらわたしを除いて。

アンカー亭に戻ると、中は暗く、静まりかえっていた。裏口の鍵は持っていたが、暗闇の中をつまずきながら歩くかわりに近くの路地に向かった。右足は雨水樽に、左足は窓枠に、左手は鉄製の雨樋に。わたしはそっと三階の自室の窓へ登り、留め金を針金ではずして部屋に入った。

中は真っ暗で、明かりを求めて階下の暖炉まで行くには疲れきっていた。そこで寝台脇のランプの芯に触って指先にすこし油をつけた。縛をつぶやくと、熱が流れ出て腕が冷たくなった。最初は何も起こらず、わたしはぼんやりしたアルコールのもやをはらおうと、顔をしかめて集中した。冷たさがいっそう深く腕にしみて身震いしたが、ようやく芯が燃え立って明かりが灯った。

寒けがして窓を閉めて、傾斜した天井のもとに狭い寝台が置かれた小さな部屋を見わたした。意外にも、この世でこの場所以外にいたいところがないことに気づいた。まるでわが家に戻ったように感じられた。

あなたにはおかしいと思えないかもしれないが、わたしには奇妙に思えた。エディーマ・ルーの中で育ったわたしは一度も定住したことがなかった。家といえば、荷馬車の列、たき火を囲んでうたう歌だった。一座が殺されたときに失ったのは、家族と子どものころの友だちだけではなかった。世界のすべてが喫水線まで焼け落ちたに等しかった。

大学で一年近くを過ごして、わたしはここに属しているように感じはじめていた。ひとつの場所を好きになるというのは奇妙な感覚だった。ある意味で心安らいだが、わたしの中のエディーマ・ルーは草木のように根をおろすという考えに落ち着かず、逆らっていた。

眠りに落ちながら、父はわたしをどう思うだろうかと考えた。

第七章　入学試験

翌朝、水で顔を洗ってのろのろと階下へ降りた。アンカー亭の酒場は、早めの昼食をとりにやってきた人でいっぱいになりかかっていて、とりわけ陰鬱な様子の学生が数人、すでに飲みはじめていた。

わたしは睡眠不足による疲れを引きずりながら、隅のテーブルのいつもの席に落ち着いて、間近に迫った面接について思い悩みはじめた。

キルヴィンとエルクサ・ダルについては心配なかった。彼らの質問には準備ができていた。アーウィルについてもだいたい同じ。だがほかの師匠たちは全員、さまざまに程度の違う謎だった。

文書館の読書区域である書物庫に、学期ごとに師匠一人ひとりが選び抜いた本を展示する。位階の低いエリール向けの基礎教本のほか、レラールとエルテ向けにも段階的に高度な書物が提示された。選ばれる本には、師匠たちが重きを置く知識が表われていた。

賢明な学生は、これらの本を試験前に勉強した。

だがわたしはほかのみんなのように書物庫にふらりと入ることはできなかった。この数十年で文書館に出入り禁止になったのはわたしのみで、だれもがそれを知っていた。書物庫は建物の中で照明が明るい唯一の部屋で、試験中は必ず読書をしている人たちがいた。

だからわたしは資料庫に埋もれた教本の写しを探すしかなかった。同じ本に版がどんなにたくさん存在するか、知ったら驚かれることだろう。運がよければ師匠が書物庫に取り分けた本と同じ版が見つかった。よくあるのは、見つかった版のほうが古いとか、削除された部分があるとか、翻訳がまずいとか。

二、三日前から毎晩できるかぎり読書していたが、本を探し当てるのに貴重な時間をとられるせいで、ひどく準備不足だった。

こうした不安な思いにとらわれていたとき、アンカーの声が耳に入った。「クォートならすぐそこにいる」

視線を上げると、カウンターの席にすわっている女性が目に入った。学生のようには見えない服装だった。凝ったワイン色のドレスの裾は長く、ウエストはぴったりしていて、服に合わせたワイン色の手袋は肘まであった。

　彼女はゆっくりとした身のこなしで背もたれのない椅子を下りて、足をもつれさせることもなくこちらへ来て、テーブルの脇に立った。金髪は巧みに巻かれていて、唇は濃い赤に塗られていた。アンカー亭のような場所になんの用だろうかと考えずにはいられなかった。

「あの小僧、アンブローズ・ジャキスの腕を折ったのはあなた？」彼女が尋ねた。歌うような強いモデグ訛りのアトゥール語だった。訛りのせいですこし聞き取りにくかったが、それが魅力的でなかったと言うと嘘になる。モデグ訛りはとても性的な含みがある。

「ぼくです。わざとやったわけではないけれど。ぼくです」

「では一杯おごらせてちょうだい」思いどおりになるのが当然と考える女性らしい言い方だった。

　彼女に微笑みかけながら、起きてから十分以上たっていたなら、こんなにぼんやりしていなかったのにと思っていた。「その件で一杯おごっていただくのはあなたが初めてじゃないんです」と、わたしは正直に言った。「どうしてもとおっしゃるなら、グレイスデール蜂蜜酒をお願いします」

　彼女がカウンターまで戻っていくのをわたしは見守った。学生だとしたら新顔だ。五日以上こちらに滞在していれば、シモンから噂を聞いていただろう。シモンは町のとびきりかわいい女の子全員に目を光らせていて、素朴な熱意をこめて言い寄っていたのだ。

モデグ人の女性はすぐ戻ってきてわたしの向かいにすわり、木のジョッキをテーブルの上に滑らせてよこした。アンカーが洗ったばかりのジョッキだったのか、持ち手を握っていた彼女のワイン色の手袋の指がぬれていた。

彼女は深い赤色のワインで満たされた自分のグラスを掲げた。「アンブローズ・ジャキスに」という口調がふいに激しさをみせた。「あいつが井戸に落ちて死にますように」

わたしもジョッキを手に取ってひとくち飲んだ。大学の五十里四方にアンブローズにひどい扱いを受けたことがない女性はいるのだろうかと考えながら。手はこっそりパンツで拭いた。

女性はワインをたっぷりひとくち飲んで、グラスを叩きつけるように置いた。瞳孔が開いていた。早い時間だが、すでにかなり飲んでいたらしい。

ふいにナツメグとプラムの香りがした。だれかが飲み物をこぼしたのだろうかと、自分のジョッキを嗅いで、テーブルの上を見わたした。でも何も見当たらなかった。

向かいにいた女性が急に泣き出した。それも、そっと涙ぐむような泣き方ではなかった。だれかが蛇口を開けたような勢いだった。

彼女は手袋に包まれた両手を見下ろして首を振った。ぬれた手袋をはずしてわたしを見て、むせび泣きながらモデグ語でいくつも言葉を発した。

わたしは途方に暮れた。「ごめんなさい。モデグ語は――」

だが彼女はすでに席をたちかけていた。顔を拭いながらドアの方に駆けていった。アンカーがカウンターの中からわたしをじっと見た。居合わせた人たちも皆同様にこちらを見ていた。

「ぼくのせいじゃない」と、ドアを指さした。「彼女が勝手におかしくなったんだ」

追いかけてすべての謎を解きたいところだったが、彼女はもう店外に出ていたし、あと小一時間で試験が始まろうとしていた。それにアンブローズがトラウマを負わせたすべての女性を助けようとしていたら、寝食の暇も残らないだろう。

良いこととしては、この奇妙な出会いのおかげで頭がすっきりしたのか、睡眠不足でざらついてどんよりした感じはなくなった。これに乗じて試験を片づけてしまおうとわたしは思った。早く始めれば早く終わる。父がよく言っていたように。

ホロウズに向かう途中で立ち止まり、露天商が荷車で売っていた黄金色のミートパイ

を買った。今期の授業料のためには一ペニーもおろそかにできなかったが、どのみちまともな食事一回の値段ではたいしたちがいにはならない。パイは熱々で中身がぎっしり詰まっていた。鶏肉とニンジンとセージ。歩きながら食べて、たまたまアンカーの手元にあったものですませるのではなく、好みに合ったものを食べるささやかな自由を満喫した。

パイの最後のひとかけらを食べ終えると、ハニーアーモンドの香りが漂ってきた。トウモロコシの皮を乾燥させた、気の利いた小袋入りの大きいほうを買い求めた。四ドラブしたが、ハニーアーモンドは長年食べていなかったし、質問に答えるとき、ある程度の血糖値があっても害にはならない。

受験者の列が中庭で曲がりくねっていた。異常に長くはないが、それでも苛立った。鯨場(げいじょう)でなじみの顔を見かけて彼女のもとへ向かい、隣に並んだ。緑の瞳の年若い彼女も列に並ぼうとしていたところだった。

「やあ、こんにちは」と声をかけた。「きみアムリアだよね？」

彼女はこわばった笑みをみせてうなずいた。

「ぼくはクォート」わたしは小さくお辞儀した。

「知ってるわ」アムリアが言った。「工芸館で見かけたもの」

「鯨場と呼ぼうよ」わたしは言って、包みを差し出した。「ハニーアーモンドはどう？」

アムリアは首を振った。

「本当にうまいよ」と気を引くように、トウモロコシ皮の包みごと軽く揺さぶった。

アムリアはためらいがちに手を伸ばして、ひとつ手に取った。

「これは正午の列？」わたしは列を示して訊いた。

アムリアが首を振った。「列に並べるまでに、これから二、三分かかるの」

「こんなふうに立たせておくなんてばかげてるよ」わたしは言った。「放牧場の羊みたいだ。このプロセスそのものがみんなの時間の浪費だし、侮辱だね」アムリアの顔に不安がよぎった。「なに？」と訊いた。

「あなたの声がちょっと大きすぎるだけ」彼女はあたりを見まわした。

「ぼくはほかのみんなが思っていることを口に出すのがこわくないだけだ」わたしは言った。「この入学試験のプロセス自体に問題がある。目がくらむほどばからしいよ。キルヴィン師はぼくの能力を知っている。エルクサ・ダルもね。ブランデュールはぼくのことをちっとも知らない。なんでぼくの授業料に関してあの人にも平等な発言力が与えられるんだい？」

アムリアは目を合わせずに肩をすくめた。「うげ！」わたしはもうひとつアーモンドを噛んで、すぐ丸石の上に吐き出した。「これプラムの味する？」

彼女がどことなくうんざりした顔でわたしを見て、背後の何かに焦点を合わせた。

振り返るとアンブローズが中庭をこちらに向かってくるところだった。いつものように人目を引く出で立ちで、清潔な白いリンネル、ベルベット、ブロケードを身につけていた。背の高い白い羽根飾りがついた帽子をかぶっていて、その姿に無性に腹が立った。彼らしくないことに独りきりで、いつものごますりとおべっか使い部隊はいなかった。

「すばらしい」聞こえる距離までアンブローズが近づいてくるが早いか、わたしは口を開いた。「アンブローズ、きみがいてくれるなんて、この面接という馬糞ケーキにかかった馬糞クリームだな」

意外にもアンブローズはそれを聞いて微笑した。「ああ、クォート。ぼくも会えてうれしいよ」

わたしは言った。「今日、かってきみの最愛の女性だった人に出会ったよ。激しい心的外傷らしきものと闘っていたんだが、きみの裸を見たせいだろうな」

アンブローズがすこし苦い顔になったところで、わたしは身を乗り出して勝ぜりふでアムリアに言った。「アンブローズはとっても小さなペニスの持ち主であるだけでなく、犬の死体、ギベア公爵の肖像画、上半身裸のガレー船の太鼓係の存在なしには興奮できないという評判でね」

アムリアの表情が凍りついた。

アンブローズは彼女を見てやさしく言った。「行くといい。こんな話を聞く必要はない」

アムリアは逃げるように行ってしまった。

「認めよう」わたしは彼女が立ち去るのを見送った。「女性を逃げ出させることにかけて、きみの右に出る者はいないな」想像上の帽子を取ってみせる。「ご教授ください。講義も開けましょう」

アンブローズはただ立っていた。満足げにうなずいて、妙に尊大な様子でわたしを見た。

「その帽子をかぶっているとしゃれた若者みたいに見えるよ。立ち去らないなら、頭からはたき落としてやりたいね」と付け加えてから、彼を見た。「そういえば腕の調子は？」

「かなりましになったよ」アンブローズは愛想良く言った。彼は佇（たたず）んだまま微笑して、うわの空で腕をさすった。

わたしはアーモンドをもうひとつ口に放りこみ、顔をゆがめてまた吐き出した。

「どうした？」アンブローズが尋ねた。「プラムはお好みじゃないのか？」そして答を待たずに背を向けて歩き去った。微笑を浮かべて。

戸惑ってそのまま彼を見送ったが、それ自体がわたしの心理状態をよく物語っている。小袋を鼻に近づけて深呼吸した。トウモロコシの皮の埃っぽい匂い、蜂蜜、シナモンの香りがした。プラムやナツメグの香りはしない。どうしてアンブローズにはわかったんだ……？

ここで何もかもが頭の中でつながった。同時に正午の鐘が鳴り響き、わたしと同じくタイルを持った者たちがやってきて、中庭を曲がりくねる長い列に加わった。入学試験の時間だった。

わたしは全速力で中庭を離れた。

ミュウズの三階に駆け上がり、息を切らせて扉を必死で叩いた。「シモン！」と叫ぶ。

「ドアを開けろ、話がある！」

廊下に沿って並んだいくつもの扉が開いて、学生たちがこの騒ぎに顔をのぞかせた。その一人がシモンで、砂色の髪はぼさぼさだった。「クォート？」とシモン。「何してるの？　そこは、ぼくの部屋じゃないよ」

シモンにつかつかと歩み寄って部屋に押しこみ、一緒に入って扉を閉めた。「シモン。アンブローズに薬を盛られた。何か頭の中がおかしいけど、何がおかしいのかわからない」

シモンがにやりとした。「前からそれを考えて……」語尾をのみこんで、信じられないといった表情になった。「何やってんの？　ぼくの部屋に唾を吐くなよ！」

「口の中が変な味なんだ」わたしは弁解した。

「知るか」怒りと困惑まじりにシモンが言った。「なんだよ？　生まれは納屋か？」

わたしはシモンの顔を強くひっぱたき、彼はよろめいて壁にすがりついた。「確かにぼくは納屋生まれだ」にこりともせずに言った。「何か文句あるか？」

シモンは片手を壁について、もう片方の手を赤くなりかけた頬にあてて立っていた。ひたすら驚いた表情だった。「いったい全体どうしたんだよ？」

「どうもしてない」わたしはこたえた。「でも言い方に気をつけるんだな。きみのことはとても気に入ってるけど、ぼくに金持ちの親がいないからといってきみのほうが優れているわけじゃない」顔をしかめてまた唾を吐いた。「ちくしょう、いやな味だ。ナツメグは嫌いなんだよ。子どものとき以来だ」

シモンがふいにぴんときた顔になった。「その口の中の味。プラムとスパイス？」

わたしはうなずいた。「むかつく」

「神の灰色の遺灰」シモンはこわいくらい真剣に声を殺して言った。「わかった。きみの言うとおりだ。一服盛られたんだ。何を盛られたかわかった」わたしがくるりと背を向けて扉を開こうとすると、シモンが言葉をのみこんだ。「何してるの？」

「アンブローズを殺してやる。毒を盛りやがった」

「毒じゃない。それは――」ふいに言葉を切って、落ち着いた冷静な声で続けた。「そのナイフはどこから出てきた？」

「脚にいつもくりつけてる。ズボンの下に」わたしは答えた。「いざというときのためさ」

シモンは深く息を吸って、吐いた。「アンブローズを殺しにいく前に、ちょっと説明する時間をもらえるかな？」

わたしは肩をすくめた。「いいよ」

「話すあいだ、すわっててくれない？」シモンが椅子を示した。

ため息をついて腰を下ろした。「わかった。でも手短に。もうすぐ試験だ」

シモンは静かにうなずいて、差し向かいにベッドの端にすわった。「ほら、酒を飲んでいるやつが、何かばかげたことをしようと思いつくことがあるだろ？　それが明らかにまずい考えだとわかっていても、やめるように説き伏せられない」

わたしは声をたてて笑った。「きみがエオリアンの外でハープ弾きの女の子に話しかけにいこうとして、彼女の馬に吐いたときみたいに？」

シモンがうなずいた。「まさにそのとおり。錬金術師がつくるもので同じ効果が出るんだけど、はるかに強烈なんだ」

わたしは首を振った。「ちっとも酔ってない。頭はとてもはっきりしてる」

シモンがうなずいた。「酔うのとはちがう。そのひとつだけ同じなんだ。これは目がまわることも、くたびれることもない。ただばかなことをやりがちになるんだ」

わたしは少し考えてみた。「それじゃないと思う。ばかなことをやりたい気分じゃない」

「確かめる方法がひとつある」とシモン。「まずい考えみたいなことと言ったら、いま何か思いつく？」

ぼんやりとナイフの刃の平たいところでブーツの縁を叩きながら、すこし考えてみた。

「まずい考えというと……」言葉が続かなかった。

すこしじっくり考えた。シモンは待ちかまえるようにわたしを見ていた。

「屋根から飛び降りる？」語尾が上がって、質問まがいになった。

シモンは黙っていた。そのままわたしを見つめ続けた。

「問題がある」わたしはゆっくり言った。「行動の分別フィルターがないみたいだ」

シモンは安心したような笑みを浮かべて、励ますようにうなずいた。「まさにそのとおり。すべての抑制がきれいにそぎ落とされて、なくなったこともわからない。でもそれ以外は何もかも同じ。きみは落ち着いているし、はっきり話せるし、合理的だ」

「ぼくを見くだしてるだろ」わたしはナイフの先を彼に向けて言った。「やめろ」

シモンがまばたきした。「かまわないよ。解決策を思いつく？」

「もちろん。ぼくにはなんらかの行動基準が必要だ。きみにはぼくのコンパスになってもらう必要がある。きみにはまだフィルターがきちんとついているから」

「ぼくも同じことを考えていた。なら、ぼくを信じるね？」とシモン。

わたしはうなずいた。「女性のことを除いて。女性のこととなると、きみはばかだ」

わたしは近くのテーブルにあった水入りのコップをとって口をすすぎ、床に水を吐き出した。

シモンがこわばった笑みを浮かべた。「いいだろう。まず、アンブローズを殺しにいってはいけない」

わたしは戸惑った。「本当に？」

「本当だ。というか、きみがそのナイフを使ってやろうと思うことは、ほとんどがまずい考えだ。そいつをぼくに渡したほうがいい」

わたしは肩をすくめて手の中でナイフをさっとひっくり返し、間に合わせの革の柄をシモンに向けて手渡した。

シモンはそれに驚いた様子だったが、ナイフを受け取った。「慈悲深いテフルよ」と彼は深いため息をついて言うと、ナイフをベッドに置いた。「ありがとう」

「今のは極端な例か？」もう一度口をすすいで、わたしは尋ねた。「なんらかの等級制を使ったほうがいいと思う。十段階評価みたいに」

「ぼくの部屋の床に水を吐き出すのは、一」とシモン。

「ああごめん」とわたしはコップを卓上に戻した。

「いいよ」シモンがあっさり言った。

「一は低いの、それとも高いの？」わたしは尋ねた。

「低い」とシモン。「アンブローズ殺しは十」と言ってためらった。「八かな」シモンが椅子でもじもじした。「七かも」

「本当に？」と訊き返した。「そんなに高いのか？　わかった」わたしはすわったまま身を乗り出した。「試験に向けてアドバイスをくれ。早いうちに列に戻らなくちゃいけない」

シモンはきっぱり首を振った。「いや。それは本当にまずい考えだ。八」

「本当に？」

「本当だよ」とシモン。「細心の注意がもとめられる社会的な場だ。失敗の余地がやたらにある」

「でももしかしたら——」

シモンはため息をついて、目にかかる砂色の髪をなおした。「ぼくがきみの基準じゃないの？　何もかも三回言わないと聞き入れないのならうんざり」

すこし考えてみた。「きみの言うとおりだ。何か危険になりかねないことをやろうとするときはなおさら」わたしはあたりを見まわした。「これはどれくらい続く？」

「長くて八時間」シモンは続きを言いかけて、開いた口をまた閉じた。

「なんだ？」わたしは尋ねた。

シモンがため息をついた。「副作用があるかもしれない。脂溶性だからすこし体に残るんだ。たまにちょっとしたぶり返しのおそれがあって、引き金になるのはストレス、激情、運動……」と、すまなさそうにわたしを見た。「小さなこだまみたいなもんだよ」

「それはあとから心配する」と言って、わたしは手を差し出した。「試験タイルをくれ。きみは今やれるだろ。ぼくはきみの枠をもらう」

シモンは力なく両手を広げた。「ぼくはもうすませたんだ」と言う。

「テフルのおっぱいと歯」わたしは悪態をついた。「まあいい。フェラをつかまえてきてくれ」

シモンは目の前で両手を猛烈に振った。「だめ。だめだめだめ。十」

わたしは声をあげて笑った。「そうじゃない。彼女の枠は焚(ふん)曜日の遅い時間なんだ」

「きみと交換してくれると思う?」

「彼女から提案してくれた」

シモンが立ち上がった。「探してくる」

「ぼくはここにいるよ」とわたし。

シモンは熱意をこめてうなずいて、不安そうに部屋を見まわした。「おそらくぼくがいないあいだは、何もしないのがいちばん安全だ」ドアを開けながらシモンが言った。

「ぼくが戻ってくるまで、両手の上にすわってなよ」

――――――


シモンがいなかったのは五分だけだった。それ以上だったらどうなっていたことやら。扉がノックされた。シモンの声が木製の扉越しに聞こえた。「ぼくだ。そっちは何もかもだいじょうぶ?」

わたしは扉越しに言った。「奇妙だったんだけどさ、きみがいないあいだにできそうなおもしろいことを考えてみようとしたけど、思いつかなかった」わたしは部屋を見まわした。「つまりユーモアは社会的逸脱に根ざしているんだと思う。ぼくが逸脱できないのは、何が社会的に許されないか見当がつかないからだ。何もかも同じに思える」

「一理あるかもね」シモンはこたえて、訊いてきた。「とにかく何かやったの?」

「いいや。おとなしくしていることにした。フェラは見つかった?」

「見つけた。ここにいるよ。でもぼくたちが入る前に、何をするにしても最初にぼくに訊いてからにすると約束してほしい。いいか?」

わたしは声をあげて笑った。「わかったよ。ただ彼女の前でばかなことをやらせないでくれよ」

「約束する」とシモン。「すわったらどう？　安全のために」

「すわってるよ」とわたし。

シモンが扉を開けた。フェラが彼の肩越しにのぞきこんでいるのが見えた。

「やあフェラ。きみと枠を交換する必要があるんだ」

シモンが切り出した。「まず。もとどおりシャツを着るんだ。それはだいたい二だな」

「ああごめん。暑かったんだ」

「窓を開けたらよかったのに」

「外部のものとの触れ合いは限定したほうが安全だろうと思った」とわたし。

シモンは眉を上げた。「意外にも本当にいい考えだよ。ただ今回は、きみをほんの少し悪い方へ導いたけど」

フェラの声が廊下から聞こえてきた。「うわ。あの人、本気で言ってるの？」

「まったく本気だよ」とシモン。「正直に言おうか？　きみが部屋に入るのは安全とは思えない」

わたしはシャツをぐっと引っ張って着た。「着たよ。気が楽になるなら、両手の上にすわっておくよ」そのとおりに両脚の下に両手をしまいこんだ。

シモンがフェラを部屋の中に入れて、扉を閉めた。

「フェラ、きみはひたすらゴージャスだね。きみの裸を二分間見ていられるなら、財布の有り金をすべて渡すよ。ぼくのものを何もかも渡す。リュート以外」

二人のどちらのほうがより赤くなったか、判断がむずかしいところだった。シモンだったと思う。

「これは言うべきじゃなかったんだね？」とわたし。

「だめだね。今のは五くらいだ」とシモン。

「でもまったくわけがわからない。絵画の中の女性は裸だ。みんな絵画を買うだろう？女性がポーズをとる」とわたし。

シモンはうなずいた。「そのとおり。だけどそれでもね。ちょっとすわっていて何も言ったりやったりしないで？　わかった？」

わたしはうなずいた。

「まだ信じられないわ」フェラが言った。頬の赤みが引きかけていた。「二人で何か凝った冗談をあたしにしかけているとしか思えないけど」

「そうならよかったんだけど。こいつはひどく危ない」とシモン。

「裸の絵画を覚えているのに、どうして人前ではシャツを着ているべきだってことは覚えていないの?」フェラがわたしから目を離さずに、シモンに尋ねた。

「あまり大事なことだと思えなかったんだ。鞭打ちのときもシャツを脱いだ。あれも人前だった。それが問題になるのは奇妙に思える」

「きみがアンブローズをナイフで刺そうとしたら、どうなるかわかる?」シモンが尋ねてきた。

すこし考えた。一カ月前の朝食に何を食べたか思い出そうとするようなものだった。

「裁判になると思う」わたしはゆっくり答えた。「そしてみんなが酒をおごってくれる」

フェラが笑い声を手で抑えた。

「これはどうかな?」シモンがわたしに訊いた。「パイをひとつ盗むのと、アンブローズを殺すのと、どちらがより悪い?」

わたしはすこしのあいだ、懸命に考えた。「ミートパイ、それともフルーツパイ?」

フェラは息をのんだ。「うわあ。これは……」と彼女が首を振った。「鳥肌が立ちそう」

シモンがうなずいた。「おそろしい錬金術だよ。プラムボブという鎮静剤の変種だ。摂取しなくても、皮膚から直接吸収される」

フェラがシモンを見つめた。「どうしてそんなにくわしいの？」

シモンが弱々しい笑みを浮かべた。「マンドラッグは錬金術の講義のたびにその話をするんだよ。もう十数回は聞いたよ。錬金術がどう悪用されかねないか示す、マンドラッグお気に入りの例なんだ。およそ五十年前、ある錬金術師がこれを使ってアトゥールの政府高官数人の人生をめちゃくちゃにした。彼が捕まった理由というのはただ、ある伯爵夫人が結婚式の最中に自制心を失って十数人を殺し——」

シモンは言葉を切って、首を振った。「とにかく。ひどいものだった。ひどすぎて、錬金術師の愛人がそいつを衛兵に引き渡したほど」

「そいつが相応の報いを受けたことを願うわ」

「十二分にね」シモンが重い口調で言った。「要は、人によって効果がすこしちがうんだ。単に抑制が弱まるわけじゃない。感情が増幅される。隠れた欲望の解放と、奇妙に選り抜かれた記憶の混ぜ合わせ。ほとんど倫理健忘みたいなもんだよ」

わたしは言った。「気分は悪くない。むしろとても気分がいい。でも試験は心配だ」

シモンが身ぶりで示した。「ほらね？　試験は覚えてる。こいつにとって重要なことなんだ。でもほかのことはただ……消えてしまった」

フェラが不安げに尋ねた。「治療法はあるの？　医局に連れていくべきじゃない？」

シモンは心配そうに見えた。「そうは思わない。医局で下剤を試されるかもしれないけど、これは薬の効き目とはちがう。錬金術の作用は薬とはまたちがうんだ。こいつは無縛本原(むばくほんげん)の影響下にある。水銀や阿片を取り除くやりかたでは洗い流せない」

「下剤はあまり楽しそうじゃないな」とわたしは付け加えた。「ぼくの意見も考慮してもらえるとしたらだけど」

シモンはフェラに言った。「それに試験の重圧でおかしくなったと思われかねない。どの学期も二、三人はそうなる。安息所に入れられて、確信が持てるまで――」

わたしは両手の拳を固めて立ち上がった。「安息所に入れられる前に地獄で八つ裂きだ」怒り狂って言った。「一時間だって。一分でも」

シモンは青くなって一歩下がり、身を守るように手のひらをみせて両手を上げた。でも声は毅然として、落ち着いていた。「クォート、三回言う――すわれ」

わたしは着席した。

シモンの陰に隠れていたフェラが、驚いてシモンに目を向けた。

「ありがとう」シモンは両手を下ろしながら愛想良く言った。「同意するよ。医局はきみにとって最善の場所じゃない。ここで乗り切れる」

「ぼくにもそのほうがましに思える」とわたし。

シモンは付け加えた。「医局で物事が順調に運んだとしても、きみはいつもより本音を言いがちになるだろう」と、すこし苦笑した。「秘密は文明の礎だし、きみの場合はたいていのやつより秘密が多いことはわかってる」

「ぼくに秘密なんてあると思わないな」とわたし。

シモンとフェラが同時に笑い出した。「残念ながら、今のでこの人の言うことが正しいと証明したわね。あなたには秘密が少なくとも二、三あるのを知ってる」とフェラ。

「ぼくも」とシモン。

「きみがぼくの行動基準だ」わたしは肩をすくめた。そしてフェラに笑いかけて、財布を取り出した。

シモンがわたしに首を振った。「だめだめだめ。もう言っただろ。彼女の裸を見るのは、今のところこの世で最悪のことだよ」

彼の言葉に、フェラが両目をわずかに吊り上げた。

「どうしたんだよ？　ぼくが彼女を押し倒して痛めつけるんじゃないかと心配してるのか？」とわたしは笑ってしまった。

シモンがわたしを見た。「ちがうの？」

「そんなわけないだろ」とわたし。

シモンがフェラを見て、わたしに視線を戻した。「なぜだか言える？」と興味深げに尋ねてきた。

考えてみた。「なぜかというと……」言葉をなくして、首を振った。「それは……ただできない。石を食べたり、壁を通り抜けたりできないことはわかってる。それと同じだ」

一瞬集中して考えたら、めまいがしてきた。片手で両目を覆って、ふいに襲ってきためまいを無視しようと試みる。「お願いだからそれで正しいと言ってよ」ふいにこわくなって頼んだ。「石は食べられないよね？」

「正しいわ。食べられない」フェラが慌てて言った。

頭の中をひっかきまわして答を見つけるのをやめると、妙なめまいは消えた。

シモンがわたしをじっと見ていた。「今のがどういう意味かぜひとも知りたいよ」

「わたしには見当つくわ」フェラがそっとつぶやいた。

わたしは財布から試験タイルを取り出した。「ただ交換しようとしただけだよ」とわたし。「裸を見せてくれるつもりなら別だけど」もう一方の手で財布を持ち上げて、フェラと目を合わせた。「シモンはだめだと言うけれど、こいつは女性に関してはばかだ。ぼくの頭のねじは、ぼくが思うほどしっかりしていないかもしれないけど、それははっきり覚えてる」

抑制を取り戻しはじめるまで四時間、しっかり抑制がきくまで、さらに二時間かかった。シモンは一日わたしに付き合って、僧侶のように忍耐強く説明してくれた。だめ、ブランデーを買いに行くべきじゃない。だめ、通りの向こうで吠えている犬を蹴りに行くべきじゃない。だめ、イムリに行ってデナを探すべきじゃない。だめ。三回だめ。陽が沈むころには、いつもどおりにある程度の倫理を持ち合わせた状態に戻っていた。シモンが幅広い質問をしてから、アンカー亭の部屋までわたしに付き添って、朝まで部屋を出ないことを母の乳にかけて誓わせた。わたしは誓った。

でもすべてがまともなわけではなかった。感情の起伏が激しくて、あらゆるささいなことでかっとなった。もっと悪いことには、記憶がただいつもの状態には戻らず、鮮明で制御不能な情熱をもって戻ってきた。

シモンと一緒にいるあいだはあまりひどくなかった。彼の存在が心地よく気を逸らしてくれたのだ。でもアンカー亭の小さな屋根裏部屋でひとりきりになると、思い出に翻弄された。まるでこれまで見てきた鋭く痛む出来事をひとつ残らず紐解いて調べようと心が決めてしまったようだった。

最悪の思い出は、一座が殺されたときのことだとお考えかもしれない。あるいは、野営地に戻って、すべてが炎に包まれているのを見たときか。薄明かりの中で見えた不自然な形の両親の体。焦げた帆布のにおい、血と髪が燃えるにおい。みなを殺した者たちについての記憶。チャンドリアン。わたしに話しかけるあいだずっとにやにやしていた男——シンダーのこと。

ひどい思い出だったが、長年にわたってあまりに頻繁に振り返ってきたので、身を切る鋭さはほぼなくなっていた。ハリアックスの声音は父親の声くらいはっきりと思い出せた。シンダーの顔も容易に思い出せた。非の打ち所のない、笑みをみせる歯並び。白い巻き毛。インクの滴のような黒い瞳。冬の冷気がこもった声が言う——〝だれかのご両親が、まったく不適切なたぐいの歌を歌っていたんだよ〟。

これらが最悪の思い出だとお考えかもしれない。だがそれはまちがいだ。

ちがう。最悪の思い出は、幼いころの思い出だ。ゆっくりがたがたと揺られる荷馬車。父親が手綱をゆるく握っている。わたしの両肩に父親が力強い手をのせて、舞台の上での立ち方を教える。見た目にも〝誇り高い〟、または〝悲しい〟、または〝内気〟と感じさせる立ち方だ。自分のリュートの弦の上でわたしの手をとって指使いを教えてくれた父親の指。

母親が髪を梳く。わたしを抱きしめる両腕の感触。うなじにわたしの頭がぴったりと完璧におさまるやりかた。夜、たき火の傍らで母親の膝に丸くなってすわるのがどんなに眠気を誘い、幸せで、安全だったか。

これが最悪の思い出だった。貴重にして完全。口いっぱいに頬張ったガラスの破片のように鋭い。わたしはベッドに横たわり、震えるかたまりになって縮こまり、眠れず、ほかのことを考えられず、思い出すことをやめられずにいた。繰り返し。繰り返し。繰り返し。

そのとき窓が小さくこつこつと叩かれた。あまりに小さな音だったので、鳴りやむまで気づかなかった。そして背後でゆっくり窓が開く音が聞こえた。

「クォート?」アウリがそっと言った。

わたしはすすり泣きをかみ殺してできるかぎり静かに横たわり、アウリがわたしは眠っているものと思いこんで立ち去ることを願った。

「クォート?」アウリがもう一度呼びかけた。「持ってきてあげたんだけど――」わずかに沈黙があって、彼女が、「ああ」と言った。

背後でやわらかな音がした。月明かりの中、窓をよじ登ってくるアウリの小さな影が、部屋の壁に投げかけられた。ベッドが動く気配がして、アウリがベッドの上に落ち着いた。


小さな冷たい手がわたしの顔の片側をなでた。

「だいじょうぶ」彼女がしずかに言った。「おいでなさい」

わたしが声を殺して泣き出すと、ぎゅっと縮こまったわたしをアウリがやさしくほどいて、膝枕をしてくれた。わたしの額にかかる髪をなおしながらささやく彼女の手が、熱い顔にひんやりと冷たかった。

悲しげにアウリが言った。「知ってるわ。つらいときもあるわよね？」

やさしく髪をなでられると、ただもっと泣きたくなった。最後にだれかに愛情をこめて触れられたのはいつだったか思い出せなかった。

「知ってるわ。心の中に石があって、それが重くてどうしようもない日もある。でもひとりでいなくていい。あたしのところに来ればよかったの。あたしにはわかる」

体がぎゅっと締めつけられて、ふいにまたプラムの味が口にひろがった。「母さんが恋しい」気づく前に、口に出していた。そこでまだ何か言う前に嚙み殺した。馬が手綱に抵抗するように、歯を食いしばって猛烈に首を振った。

「口に出していいの」アウリがやさしく言った。

また首を振るとプラムの味がして、ふいに言葉がほとばしった。「ぼくは言葉を話すより先に歌ったって母さんが言ってた。まだ赤ちゃんだったころ、母さんはぼくを腕に抱いていつもハミングしていたって。歌とはちがう。ただの三度の下降音階。ただの心地よい音。ある日、野営地のまわりをぼくと歩きまわっていたら、ぼくがそれを繰り返すのが聞こえたって。二オクターブ上。小さな甲高い三度の音階。それがぼくの初めての歌だったって言ってた。かわるがわる一緒に歌った。何年も」言葉がつかえて、歯をくいしばった。

アウリがそっと言った。「口に出していいの。言ってもだいじょうぶ」

「もう二度と会えない」わたしは言葉を絞り出した。そして本格的に泣きはじめた。

アウリがそっと言った。「だいじょうぶ。あたしがここにいる。あなたは安全」

第八章　質問

それからの二、三日間は、快適ではなかったし、生産的でもなかった。

フェラと交換した試験枠はその旬のほぼ最後のほうだったので、余った時間を有効に使おうとした。鯨場（げいじょう）で出来高払いの仕事をやろうとしたが、熱漏斗（ろうと）を半分彫りこんだところで泣き崩れてしまい、すぐに自室に戻った。アラールをきちんと維持できないだけでなく、試験の重圧でおかしくなったと思われるのは、何よりごめんだった。

その夜更けに、文書館へ続く狭いトンネルを這い進もうとすると、プラムの味が口いっぱいに広がって、暗く閉鎖的な空間に対するいわれない恐怖に襲われた。幸い三メートルあまりしか進んでいなかったのだが、それでもあとずさりでトンネルから出ようとあがいて脳震盪を起こしそうになったし、うろたえて石の上を引っかいて、手のひらをすりむいてしまった。

そこで具合が悪いふりをして、二日間小さな自室にこもって過ごした。リュートを弾き、うとうとして、アンブローズについて邪悪なことを考えた。


階下へ行くと、アンカーが掃除をしていた。「ましになったか？」と訊いてきた。

「すこし」と答えた。昨日はプラムのぶり返しは二回だけだったし、とても短くてすんだ。もっといいことに、ひと晩眠れた。最悪な時期はくぐり抜けたようだった。

「腹は減ってるか？」

わたしは首を振った。「今日は試験なんです」

アンカーが顔をしかめた。「それなら何か食べたほうがいい。リンゴとか」と、カウンターの中をせわしなく動きまわって、陶器のジョッキと重い水差しを持ってきた。

「牛乳も飲め。傷む前に使いきらなきゃいかんから。いまいましい保冷庫が二、三日前に壊れたんだ。まるまる三タラントもしたんだぞ。ここらじゃ氷が安いんだから、やはり金を無駄にするんじゃなかった」

わたしはカウンターに身を乗り出して、ジョッキと瓶が立ち並ぶ中にしまいこまれた長い木製の箱をのぞきこんだ。「ぼくが見ましょうか」と提案してみた。

アンカーが片方の眉を上げた。「どうにかできるのか？」

わたしは答えた。「見るくらいなら。ぼくにもなおせる単純な故障かもしれない」

アンカーが肩をすくめた。「もう壊れているんだから、これ以上壊れようがない」彼はエプロンで両手を拭いて、カウンターの中に入るように合図した。「見てくれるあいだに卵料理をつくってやるよ。卵も使いきったほうがいいんだ」アンカーは長い箱を開けて卵をひとつかみ取り出すと、調理場に戻っていった。

わたしはカウンターの角をまわって中に入り、ひざまずいて保冷庫の調子を見た。小さな旅行用かばんの大きさで、石を内側に敷きつめた箱だった。大学以外の場所でなら、工芸術の奇跡、贅沢品（ぜいたくひん）といえただろう。だが、こういったものが手に入りやすいここでは、無用の代物にすぎず、しかもまともに動いていない。

このうえなく単純な工芸術品だった。可動部はいっさいなしで、錫の平たい帯が二枚だけ。それを覆う古文字術が金属帯の端から他方の端に熱を移動させていた。要は時間のかかる非効率な熱サイフォンにすぎない。

かがみこんで錫の帯に指をのせた。右手の帯は温かかった。つまり中の半分は相応に冷たい。だが左手の帯は室温と同じ温度だった。古文字術をよく見ようと首を伸ばしてのぞきこんだところ、錫に深い傷が入っていて、ルーンが二文字そこなわれていた。

これで説明がつく。古文字術の一節は、多くの点で文章みたいなものだ。言葉をいくつか取り去ってしまうと、まったく意味を成さなくなる。通常は意味を成さない、というべきか。傷ついた古文字術の一節が、実に不愉快な効果をもたらす場合もある。眉をひそめて錫の帯を見下ろした。ずさんな工芸術だった。ルーン文字は傷つきようのない帯の内側に刻んでおくべきだった。

あたりをかきまわして探すと、引き出しの裏から使われていないアイスハンマーが見つかったので、柔らかい錫の表面を叩いて、そこなわれたルーン二文字を平らにして消した。そして集中して、果物ナイフの先を使って分厚い金属帯に刻みなおした。

アンカーが調理場から卵とトマトを大盛りにした皿を持って現われた。「これで動くはずです」とわたしは言った。礼儀として食べはじめたところ、実際に空腹だったことに気づいた。

アンカーは蓋を開けて箱を眺めた。「そんなに簡単に？」

わたしは頑張ったまま言った。「ほかのことと同じですよ。やりかたがわかっていれば簡単です。動くはず。本当に冷えるかどうか、一日様子をみてください」

大盛りの卵を食べ終えると、無礼にならない範囲でできるだけ早く牛乳を飲み干した。「酒代を今日清算してもらう必要があるんです。今学期は授業料が厳しくなりそうで」

アンカーはうなずいて、カウンターの下に置いてある小さな台帳を調べて、過去二カ月間にわたしが飲んだふりをしてきたグレイスデール蜂蜜酒の代金を勘定した。そして財布を取り出して、ジョット銅貨を十枚数えあげてテーブルに置いた。一タラント——思っていた額の二倍だ。戸惑ってアンカーを見上げた。

「キルヴィンのところの小僧たちなら、ここにきて修理するのに少なくとも半タラント請求しただろうよ」アンカーが保冷庫を軽く蹴って説明した。

「ぼくじゃどうだか……」

アンカーは手を振って、わたしを黙らせた。「直ってなければ来月の賃金から引いておくよ」と、アンカーが言った。「あるいはこれを口実に、奪曜日の夜もここで演奏させるかな」彼がにやりとした。「投資と思っておくよ」

わたしはお金を集めて自分の財布に入れた——四タラント。


ランプがそろそろ売りさばけたか様子をみようと鯨場に向かっていたところ、暗い色の師匠用ローブ姿で中庭を横切る見慣れた顔が目に入った。

「エロディン師匠！」師匠の間の通用口に近づくエロディンに声をかけた。そこはわたしがあまり入ったことのない、数少ない建物のひとつだった。中にあるのは師匠の居住区、ギレールの居住区、来訪した秘術士用の客室程度にすぎなかったからだ。

名前を呼ばれてエロディンは振り返った。そしてわたしが駆けてくるのを見て目をむくと、またドアに向きなおった。

わたしは少しばかり息を切らして言った。「エロディン師匠。ちょっとご質問させていただけたりするでしょうか？」

「統計的には、かなりの確率でいただけそうだな」と、エロディンはぴかぴかの真鍮の鍵でドアを開けながら言った。

「ではひとつお尋ねしてもかまいませんか？」

「人類の知る力では、きみを止められると思えんね」エロディンはドアをさっと開いて中へ入っていった。

招かれていなかったが、エロディンに続いて中に滑りこんだ。エロディンはなかなか見つけにくかったし、この機会を逃せばあと一旬間は会えないかもしれなかった。

狭い石造りの廊下を、エロディンについていった。「命名術を学ぶ学生を集めておられると聞きました」慎重に切り出した。

「それは質問ではないな」エロディンは長く狭い階段を登りながら言った。

かみつきたい衝動をこらえて深呼吸をした。「そういう講義をされるというのは本当ですか？」

「ぼくも入れてくださるおつもりでしたか？」

「本当だ」

エロディンは足を止めて、階段でわたしに向きなおった。暗い色の師匠用ローブを着ている彼は、場違いに見えた。髪は乱れていたし、顔は若すぎて、ほとんど少年のようだった。

エロディンはしばらくのあいだ、わたしをじっと見つめた。まるで彼が賭けようとしている馬を見るかのように、あるいはポンド売りを考えている肉牛の脇腹を見るかのように、頭からつま先までわたしを眺めまわした。

でもそんなのは、エロディンがわたしと目を合わせたときに比べたらなんでもなかった。一瞬ひたすら落ち着かない心持ちになった。そして、まるで階段の明かりが薄暗くなったように感じられた。あるいはふいに水中深くに突っこまれて、水圧で充分に息ができないようだった。

聞き慣れた声が聞こえてきたが、ずいぶん遠くからきているようだった。「ちくしょう、この頭半分の脳足りんが。また緊張病になるなら安息所でやって、おまえの泡を吹いた死体をわれわれが運ぶ手間を省くのが礼儀ってもんだろう。そうでなければ道をあけろ」

エロディンがわたしから視線をはずすと、ふいにまたすべてが明るく、はっきりして見えた。肺いっぱいの空気に、息がつまりそうになるのをこらえた。

ヘンメ師匠が階段をどたどたと下りてきて、エロディンを肩で脇に荒っぽく押しのけた。わたしを見ると鼻で笑った。「そうかそうか。頭四分の一の脳足りんもここにいたか。熟読すべき本を推薦いたしましょうか？　すばらしい読み物があって、題名を『廊下、その形と機能――知的障害者のための入門書』という」

ヘンメはわたしをにらみつけ、わたしが即座に飛びのかないのを見て、不快な笑顔を浮かべた。「ああ、だがまだ文書館は出入り禁止だったかな？　重要な情報をきみたちのような者に合ったかたちで示すように計らおうか？　無言劇か、人形劇のやりかたではどうだろう？」

わたしが脇によけると、ヘンメはぶつぶつ独りごとを言いながら猛然と通り過ぎていった。エロディンは彼の広い背中をにらんでいた。ヘンメが角を曲がって行ってしまうと、エロディンの関心がわたしに戻ってきた。

彼はため息をついた。「ほかの研究を進めたほうがいいだろう。レラール・クォート。ダルはきみを気に入っているし、キルヴィンも然り。きみも彼らのもとでは勉学がはかどっているようだ」

「でも師匠」わたしは落胆が声に表われないように気をつけて言った。「ぼくのレラール昇格の後見人はあなたです」

エロディンは向きをかえて再び階段を登りはじめた。「ではわたしの賢明な助言を尊重するべきではないかね？」

「でも、師匠はほかの学生を教えるのに、なぜぼくはだめなんですか？」

「なぜならきみは意欲的すぎて、まともな忍耐がないからだ」彼はなかば皮肉に言った。「誇り高すぎて、きちんと耳を傾けられない。あまりに賢すぎる。それが最悪な点だな」

「賢い学生を好む師匠もいます」広い廊下に出たところで、わたしはつぶやいた。

「そうだな」とエロディン。「ダルとキルヴィンとアーウィルは賢い学生を好む。彼らのだれかと学ぶがいい。お互いそのほうがずっと生きやすくなるだろう」

「でも……」

エロディンは廊下の真ん中で急に立ち止まった。「よろしい。教える価値があると示してみろ。わたしの思いこみを土台から揺るがせ」彼は何かポケットに見当たらないものを探しているように、芝居がかった仕草でローブをぱたぱたと叩いた。「非常に残念なことに、このドアを通り抜ける方法がないようだ」エロディンはドアを指の節で叩いた。「この状況できみはどうする、レラール・クォート？」

わたしは基本的に苛立っていたにもかかわらず、微笑した。彼の選んだこの試練ほど、わたしの才能にぴったりなものはなかった。わたしは外套のポケットから細長いばね鋼を取り出して、ドアの前にひざまずいて鍵穴をのぞきこんだ。錠前は頑丈で、長持ちするようにつくられていた。だが大きくて重い錠前は堂々としている一方で、きちんと保守されていると、むしろ抜け道を見つけやすい。

この錠前がそうだった。ゆっくり三回呼吸するあいだに、かちりといい音をたてて錠前を開けてみせた。立ち上がり、両膝をはらって、大げさな身ぶりでドアを内側に開いた。

エロディンは、いささか感心した様子だった。わたしがドアを開け放すと、両眉が上がった。「うまいな」と、中へと歩きながら言う。

彼についていった。エロディンの部屋はどんな様子か、わたしは考えてみたこともなかった。でも想像していたとしても、この部屋には似ても似つかなかっただろう。

その部屋は巨大かつ豪華で、天井は高く、部分敷きの絨毯の毛足は長かった。壁には古い木の化粧板が貼られていて、高い窓から早朝の陽の光が差しこんでいた。いくつもの油絵と、壮麗なアンティークの木製家具が並んでいた。奇妙に平凡な部屋だった。

エロディンは入口の通路をさっさと通り、上品な居間を通って寝室に入っていった。むしろ寝台広間と言うべきか。巨大な部屋で、ボートくらいの大きさの四柱式ベッドがひとつあった。エロディンは衣装たんすをさっと開くと、彼が着ているものと似た、暗い色の長いローブを数枚取り出しはじめた。

「ほれ」エロディンはローブをわたしの両腕に押しこみ続けて、やがてわたしは抱えきれなくなった。日常に着られる木綿のローブもあったが、上質なリンネルや、上等の柔らかなベルベットもあった。エロディンはさらに六枚のローブを自分の片腕にかけて、居間に戻った。

数百冊の本が並ぶ古い本棚のそばと、巨大な磨き抜かれた机のそばを通り過ぎた。一方の壁は、豚一匹をあぶり焼きにできそうな大きさの石造りの暖炉に占領されていたが、目下のところ、そこは初秋の肌寒さをしのぐために、小さな火種がくすぶっているだけだった。

エロディンはテーブルの上のクリスタルガラスのデカンタを手に取ると、暖炉の前に立った。そして持ってきたローブをわたしの両腕にどさりと投げ出したので、ローブの山越しにかろうじて前が見えるようなありさまになった。彼はデカンタの栓を慎重にはずして中身をひとくち飲み、味わうように片方の眉を上げて、光にかざした。

もう一度挑んでみた。「エロディン師匠、どうしてわたしには命名術を教えたくないのですか？」

「それはまちがった質問だ」エロディンは言って、暖炉でくすぶる石炭のうえにデカンタを逆さまにあけた。炎が飢えたように液体をなめつくすと、彼はわたしが抱えていたローブを腕いっぱいに引き取って、ベルベットのローブをゆっくりと火にくべた。たちまち火がついて燃え立つと、ほかのローブもつぎつぎと火にくべた。その結果、山積みの服がくすぶって、濃い煙のうねりが煙突から立ちのぼった。「もう一度」

当然のことを訊かずにはいられなかった。「どうして自分の服を燃やしてしまうのですか？」

「ちがうな。正しい質問にはほど遠い」エロディンはわたしの抱えていたローブをさらに手に取って、暖炉に山積みした。そして煙道の把手（とって）をつかんで引き、金属音をたてて閉めた。煙がもうもうと部屋の中に流れこんできた。エロディンはすこし咳きこみ、後ろに下がってどことなく満足げにあたりを見まわした。

突然何が起きているかわかった。「なんてことだ。ここはだれの部屋ですか？」

エロディンは満足そうにうなずいた。「非常によろしい。〝どうしてこの部屋の鍵を持っていないのですか〃とか〃ここで何をしているのですか〃でもよかった」彼は真剣な目つきでわたしを見下ろした。「ドアは理由があって鍵がかかっている。鍵を持っていない者たちは、理由があって外にいることになっている」

エロディンはくすぶっている服の山が暖炉の中におさまっているかたしかめるように、片足でつついた。「きみは自分が賢いと知っている。それが弱点だ。きみは自分が何に足をつっこもうとしているかわかったつもりでいるが、実はわかっていない」

彼は向きなおってわたしを見た。暗い色の瞳は真剣だった。「自分を教える者として、わたしなら信頼できるときみは思っている。わたしがきみの安全を守ると思っている。だがそれは愚の骨頂だ」

「ここはだれの部屋ですか?」わたしはぼんやりと繰り返した。

エロディンはふいにすっかり歯を見せてにやりと笑った。「ヘンメ師匠だ」

「どうしてヘンメの服をすべて燃やしているのですか?」部屋が苦い煙でどんどん満たされつつあるのを無視しようと努めながらわたしは尋ねた。

エロディンは愚か者でも見るようにわたしを見た。「なぜならやつが嫌いだからだ」

彼は炉棚からクリスタルのデカンタを手に取ると、暖炉の奥めがけて乱暴に投げつけ、デカンタは粉々に砕け散った。なんであれデカンタの中に残っていたもののせいで、火はいちだんと勢いを増した。「あの男はまったくのあほだ。わたしにはあんな口の利き方は許せん」

煙は渦をまいて部屋に流れこみ続けた。天井が高くなかったら、われわれは息をつまらせていただろう。それでも扉へ向かうころには呼吸が苦しくなりかけていた。エロディンが扉を開けると、煙が廊下へ流れ出ていった。

煙がもうもうと流れていくあいだ、われわれは扉の外で見つめ合った。わたしは別の方向から問題に取り組んでみることにした。「躊躇なさるのはわかります、エロディン師匠。ぼくは物事を充分に考え抜かないことがあります」

「言うまでもない」

「それに認めざるを得ないのですが、ぼくの行動はときどき……」わたしは言葉を切って、無分別より謙虚な言葉を思いつこうと努力した。

「人智のとうてい及ばぬほど愚か？」エロディンが助け船を出した。

感情が爆発して、謙虚であろうというつかのまの試みが消し飛んだ。「人生でまちがった選択をしたのがこの場でぼくだけとはありがたいですね！」わたしはどなり声になるぎりぎりのところで、声を抑えて言った。エロディンの目を見据えた。「あなたの噂も聞きましたよ、おわかりでしょう。ここの学生だったころはずいぶんやらかしたそうじゃないですか」

エロディンの表情から愉快さが少し薄れて、まるで飲みこんだものがつかえて飲み下せないような顔になった。

わたしは続けた。「ぼくが向こう見ずだと思うのなら、なんとかしてくれ。もっとまっとうな道を示してくれ！　この柔軟な若い心を型にはめて――」煙を肺いっぱいに吸いこんで咳きこみだしてしまい、攻撃演説を短く切り上げざるを得なかった。「なんとかしろよ、ちくしょう！」わたしは声を絞り出した。「教えてくれ！」

叫んでいたわけではなかったが、結局は同じように息切れした。かっとなったのと同じくらいすぐに怒りは消えて、言いすぎたのではないかと心配になった。

だがエロディンはわたしを見ただけだった。「なぜきみに教えていないなんて思っているんだね？」彼は不思議そうに尋ねた。「きみが学ぶのを拒んでいるだけなのに」

そして向きを変えると、廊下を歩いていった。「わたしがきみならここを立ち去るね」と、エロディンが肩越しに言った。「これがだれの仕業か、ほかの者たちは知りたがる。そしてきみとヘンメがあまり折り合いがよくないのは、だれもが知るところだ」

うろたえて急に汗がどっと出るのを感じた。「なんですって？」

「そしてわたしなら試験の前に身体を洗う」とエロディンが言った。「煙の匂いをぷんぷんさせて現われたらよろしくないだろう。わたしはここに住んでいる」エロディンはポケットから鍵を取り出して、廊下の突き当たりの扉の錠前を開けた。「きみはどう言いわけするね？」

第九章　俗世の言葉遣い

短い廊下を通り抜けて、人影のない劇場の舞台に続く階段を上がったときにも、髪はまだ濡れたままだった。いつもと同じく部屋は暗かった。巨大な三日月形のテーブルのところをのぞいて。わたしは光の縁まで移動すると、礼儀正しく待った。

前に進み出るように学長に身ぶりで示されて、テーブルの中央に歩いていって、手を伸ばしてタイルを手渡した。そして後ろに下がって、テーブルの突き出た二本の角のあいだを照らす、すこし明るい光の輪の中に立った。

九人の師匠がこちらを見下ろしていた。塀の上に並ぶカラスのようで壮観だったといいたいところだ。だが全員が正装のローブを着ていたものの、ふぞろいすぎてなんらかの集団には見えなかった。

おまけに、みんな疲れている様子だった。そのときはじめて気がついたのだが、学生たちは試験を嫌っている一方、おそらく師匠たちにとっても気楽なものではないのだろう。

「クォート、アーリデンの息子」学長が正式に言った。「レラール」テーブルの右手の角の端に身ぶりで合図をした。

アーウィルがわたしをのぞきこんだ。「医術の師？」丸眼鏡をかけた顔はおじいちゃんのような雰囲気だった。「メンカの医学的性質は？」と、尋ねた。

「強力な麻酔薬です。強力な緊張剤でもあります。下剤としても利用可能です」わたしはためらった。「複雑な二次的作用も山のようにあります。すべて挙げましょうか？」

アーウィルは首を振った。「医局にきた患者が関節の痛みと呼吸困難を訴えている。口が渇いており、口中に甘みを感じるという。患者は悪寒を訴えるが、実際には発汗と発熱がみられる。診断は？」

わたしは息を吸いこみ、ためらった。「ぼくは医局では診断しません、アーウィル師匠。師匠のもとで学ぶエルテを呼んできて診断を任せます」

アーウィルがわたしに笑いかけ、目の端に笑いじわが刻まれた。「的確だ」とアーウィル。「だが参考までに、どこが悪いと思う？」

「患者は学生ですか？」

アーウィルの片方の眉が上がった。「それがバターの値段と何か関係があるのかな？」

「鯨場で作業している学生なら、溶鋼風邪かもしれません」わたしは言った。アーウィルがわたしに向かって片眉を上げたので、わたしは付け加えた。「鯨場ではあらゆる種類の重金属中毒になる可能性があります。ここであまり見られないのは、学生たちが熟練しているせいですが、熱い青銅を扱う者は、適切に注意をはらっていないと、蒸気を吸いすぎて命を落とすおそれがあります」キルヴィンが一人うなずいているのが目に入って、わたしはこの事実を知っている理由が、一カ月前に自分も軽い症状を呈してしまったせいにすぎないと告白せずにすむことに、ほっとしていた。

アーウィルは考え深げにふむ、と言ってテーブルの反対の端を示した。「算術の師？」

ブランデュールはテーブルの左端にすわっていた。「両替商の取り分が四パーセントとすると、一タラントを両替した場合、何ペニーか？」彼は目の前の書類から目を上げずに質問した。

「どの種類のペニーですか、ブランデュール師匠？」

彼は眉をひそめて目を上げた。「わたしの記憶が正しければ、ここはまだ連邦だ」

わたしはブランデュールが文書館に掲示していた本に書かれていた数値を使って、頭の中ですばやく計算した。それは金貸しの使う実際の為替レートではなくて、政府と金融業者が利用して、互いの嘘の共通基盤とする公的為替レートだった。「ペニー鉄貨で。三百五十と」口を開いて、付け加えた。「一枚。そして半ペニー」

ブランデュールはわたしが言い終わるのを待たずに、また書類に視線を落とした。「方位磁針は、黄金が百二十、白金が百十二、コバルトが三十二を指している。どこにいるか？」

この質問にはひるんだ。三針の方位磁針で自分の位置を見定めるには、詳細な地図と精密な三角測量が必要だ。通常それを実践しているのは船長と地図制作者だけで、彼らは詳細な海図を利用して計算する。生まれてこのかた、三針の方位磁針を見たのは二回だけだった。

これはブランデュールが試験勉強用に文書館に置いていた本のどれかに載っている質問か、意図的にわたしを陥(おとしい)れるための質問か、どちらかだった。ブランデュールとヘンメが友人同士であることを考えると、後者と思われた。

目を閉じて文明世界の地図を頭の中で広げて、もっとも有力な推測をあげた。「タルビアン？」と言ってみる。「イルのどこかでしょうか？」わたしは目を開けた。「正直なところ、まったくわかりません」

ブランデュールは一枚の紙に印をつけた。「命名術の師」目も上げずに彼は言った。

エロディンがわけ知り顔で、にやりといたずらっぽい笑みをみせたとたん、早朝にヘンメの部屋でやったことにわたしが加担したことをばらされるのではないかとふいに心配になった。

かわりに、エロディンは芝居がかった仕草で指を三本たてた。「あなたの手札にはスペードが三枚。そして場にはスペードが五枚出てきた」彼は両手の指を合わせて、真剣な顔でわたしを見た。「全部でスペードは何枚か？」

「スペードは八枚です」とわたし。

ほかの師匠たちが着席したまますこしばかり身動きした。アーウィルはため息をついた。キルヴィンは背を丸めた。ヘンメとブランデュールは互いに目をむいてみせるところまでやってのけた。全体的には、長く苦しめられてきた苛立ちが感じられた。

エロディンが険しい顔で彼らを見た。「なんだね」問いただす語気が鋭くなった。「この茶番をもっと真剣に本気でやれとでも？　この者に命名術士のみが答えられる質問をしろと言うのか？」

ほかの師匠たちは静まりかえり、居心地悪そうに彼と目を合わせるのを避けた。ヘンメは例外で、あからさまにエロディンをにらみつけた。

「結構」エロディンは言って、わたしに向きなおった。暗い色の目は、声の響きと奇妙に合っていた。大きな声ではなかったが、彼が話すと、師匠の間全体に声が満ちるようだった。ほかの音が入りこむ余地はなかった。「月はどこへ行く」エロディンは厳しい顔つきで尋ねた。「この空から姿を消したとき」

エロディンが口をつぐむと、室内は不自然に静かになったようだった。まるで彼の声が世界に穴を開けたかのように。

質問に続きがあるか確かめようと待ってみた。「まったくわかりません」とわたしは認めた。エロディンの声のあとでは、わたしの声は薄っぺらく貧弱に感じられた。

エロディンは肩をすくめると、テーブル越しに丁寧な身ぶりをした。「共感術の師」

エルクサ・ダルだけは、正装ローブに身を包んで心地よさげだった。いつもと同じく、黒いあご髭と細い顔が、お粗末なアトゥールの芝居によく登場する邪悪な魔術師を思わせた。彼は少しばかり思いやりのある眼差しでわたしを見た。「線形流電引力の縛は？」

わたしはすらすらと答えた。

彼はうなずいた。「鉄の克服不可能な劣化の距離は？」

「五里半です」克服不可能という言葉にはいくらか屁理屈を言いたかったが、教科書どおりの答を述べておいた。大量のエネルギーを六里以上移動させるのが統計的に不可能なのは事実だったが、共感術を使えばもっとはるかに遠く離れた距離でもダウジングできる。

「一オンスの水が沸騰したあと、完全に蒸発させるにはどれだけの熱が必要か?」わたしは鯨場で参照していた蒸発表から記憶にあった部分を引っぱり出した。「百八十タウムです」わたしは実際よりも自信ありげに言った。

「わたしはこれで充分」エルクサ・ダルが言った。「錬金術の師?」マンドラッグがしみだらけの手をそっけなく振った。「わたしはやめておく」

「スペードについての質問には強いぞ」エロディンが提案した。

マンドラッグがエロディンに顔をしかめてみせた。「文書保管術の師」

面長なローレンが無表情にわたしを見下ろした。

わたしはこの質問に赤面して下を向いた。「動作は静かに。本を大切に。司書には従う。飲食禁止」唾を飲んだ。「火気厳禁」

ローレンはうなずいた。彼の声音や態度に非難めいたものはいっさいみられなかったが、そのほうがもっと悪かった。彼の視線がテーブルを横切った。「工芸術の師」

わたしは心の中で悪態をついた。ローレン師がレラールの学習用と定めていた本を、この一旬間にわたしは六冊とも読んでいた。フェルテミ・レイスの『帝国の衰退』だけで十時間を要した。文書館への出入り禁止を解かれることよりも欲しいものはわたしにはなかったし、なんであれローレン師が思いついた質問に回答して、是が非でも彼を感心させたかったのだ。

でも、もうどうしようもなかった。わたしはキルヴィンのほうに向きなおった。

「銅の電気スループット」大きな熊のような師匠が、あご髭の中からガラガラ声で言った。

わたしは答を小数第五位に丸めた。デッキランプの計算に使っていた数字だった。

「ガリウムの電動係数」

ランプの放出子のドープ処理のために知る必要があった数字だった。キルヴィンは簡単な質問を投げかけてくれているのだろうか？　わたしは答えた。

「よろしい」とキルヴィン。「修辞術の師」

わたしは深く息を吸ってヘンメのほうを向いた。わたしは彼の本を三冊も読んでいた。修辞術と無意味な哲学には激しい嫌悪感を持っているのだが。

それでも二分間は嫌悪感を抑えこんで、謙虚な良き学生の役を演じることができた。エディーマ・ルーの者だ。役は演じられる。

わたしをにらみつけるヘンメの丸顔は、怒れる月のようだった。「わたしの部屋に放火したのはおまえか、このラヴェルのろくでなしが」

質問の荒っぽさにすっかり不意をつかれた。どうしようもない難問、ひっかけ問題、どんな答もまちがいのように見せかけられる、ひねりのきいた問題には備えていた。でもこの突然の非難は、まったく不意打ちだった。ラヴェルはとりわけわたしが嫌悪する言葉だった。さまざまな感情が心中でうずまいて、ふいに口の中にプラムの味がよみがえった。わたしの一部がまだ丁寧な反応のしかたを考えている一方で、すでに口は開いていた。「わたしは師匠の部屋に放火していません」と、正直に言った。「でもそうしておけばよかった。火事が起きたとき、あなたが部屋で熟睡中だったらよかったのに」

ヘンメがしかめ面から驚きの表情に変わった。

「レラール・クォート！」学長が鋭い口調で言った。「俗世の言葉遣いは頭の中に留めなさい、さもなくば、わたしみずからきみを〝秘術校の一員にふさわしからぬ行為〟の罪に問う！」

プラムの味は口中に現われたときのようにすぐに消えて、すこしめまいが残り、わたしは恐怖と狼狽に汗をかいていた。「申しわけありません、学長」慌てて言って、足元に視線を落とした。「怒りに任せて言ってしまいました。わたしの一族はラヴェルという言葉を特に侮辱的と受け取ります。その言い方は何千人ものエディーマ・ルーの大虐殺を小馬鹿にするものです」

学長の眉間に興味深げな線が現われた。「今の語源は知らないと認めよう」彼はじっと考えた。「これをわたしの質問にするとしようか」

ヘンメが割りこんだ。「待て。まだ終わっておらん」

「終わっている」学長は硬い声できっぱりと言った。「きみもこの少年に負けず劣らず悪いぞ、ジェイソム。しかも言いわけも彼ほどはない。専門家としてふさわしいやりかたで身を処することができないと示した以上、クレップを慎め、わたしが公式な問責決議を求めないだけ運がよかったと思え」

ヘンメは怒りで青ざめたが、口をつぐんだ。

学長はこちらに顔を向けてわたしを見ると「言語術の師」と正式に名乗った。「レラール・クォート——ラヴェルという言葉の語源は？」

「アルシオン皇帝がもたらした粛清に由来しています」とわたし。「皇帝がお触れを出して、家を持たずに〝旅する民〟（トラベリング・ラブル）は裁判なしで罰金、収監、流罪に処すると宣言しました。この言葉が原形を失う後接語化によって短縮されたものです」

学長が片方の眉を上げた。「そうだったのか？」

わたしはうなずいた。「ですが、ぼろをまとった旅一座のみすぼらしい身なりのことをさす言葉〝ラヴェレンド〟とも関係があるものと推測します」

学長が堅苦しくうなずいた。「ありがとう、レラール・クォート。協議のあいだ着席していなさい」

第十章　大切に扱われる

授業料は九タラント五に決まった。マネが予想していた金額、十タラントよりましだったが、それでも有り金を上まわった。翌日正午までに会計係と話をつけなければ、この学期をまるごとふいにするはめになる。

学業を先延ばしにしなければならないのは、悲劇ではなかっただろう。でも大学のリソース、たとえば工芸館の設備などを利用できるのは学生のみだった。つまり授業料を払えなければ、キルヴィンの作業室で働けなくなってしまう。授業料を払えるお金を稼げる見込みがある唯一の仕事だった。

倉庫に立ち寄って開いた窓に近づくと、ジャクシムが笑いかけてきた。「今朝おまえのランプを売りきったところだ」と彼が言った。「残っていた最後だから、すこし多めにふっかけといた」

台帳をぺらぺらとめくって、目当てのページを見つけ出す。「六十パーセントの取り分で、四タラント八ジョット。使った材料と手間仕事の分を除くと……」指をページの下方に滑らせた。「残りは二タラント、三ジョット、八ドラブだな」

ジャクシムが台帳に書きつけて、領収書を書いてくれた。わたしはそれを丁寧にたたんで財布にしまった。満足のいく重みではなかったが、合計で六タラント以上になった。たくさんではあるが、まだ足りない。

ヘンメにかっとならなければ、授業料は安くすんだかもしれない。まる二日間近く、口の中でプラムの味を感じつつ泣いたり怒ったりしながら部屋にこもるはめになっていなければ、もっと勉強したり、もっとお金を稼いだりできただろう。

あることを思いついた。「新しいことを始めてみようと思うんです」と、さりげなく切り出した。「必要なのは、小さなるつぼ一つ。錫三オンス。青銅二オンス。銀四オンス。細い金糸一巻き。銅の――」

「ちょっと待った」ジャクシムが遮った。台帳に記されたわたしの名前に彼が指を走らせた。「金も銀も使用許可は出てないぞ」彼は目を上げて、わたしを見た。「まちがってるか？」

嘘をつきたくなくてためらった。「許可がいるとは知らなくて」

ジャクシムはわけ知り顔でにやりとした。「その手のことをやろうとしたのはおまえが初めてじゃないよ」と彼が言った。「授業料がきついのか？」

わたしはうなずいた。

ジャクシムは同情するようにしかめ面になった。「悪いな。気をつけないと倉庫が金貸しの屋台になりかねないことを、キルヴィンは知ってるんだ」彼は台帳を閉じた。

「ほかのやつらと同じく、質屋をあたるしかないな」

わたしは両手を上げて手のひらと甲を見せ、宝飾品がひとつもないことを示した。

ジャクシムは顔をしかめた。「そりゃ厳しいな。シルバーコートにまともな金貸しがいるんだが、そいつは月に十パーセントしか請求しない。それでも歯を抜かれるくらいきついが、たいていのやつよりましだ」

わたしはうなずいてため息をついた。シルバーコートは、組合に属する金貸しが店を出すところだ。取りつく島もないだろう。「前に使ったところよりましなのは確かですね」わたしは言った。


なじんだリュートの重みを肩に感じながら、イムリへ向かう道中でよく考えた。

困った状況ではあったが、ひどいものではなかった。組合の金貸しは、エディーマ・

ルーの孤児に担保なしで貸してはくれない。でもデヴィから借りることはできる。それでも、そうせずにすむことを願っていた。それは彼女の金利が不当に高いだけでなく、仮に支払いが滞るようなことがあれば、どんな要求をされるか心配だったからでもあった。彼女の要求はささやかなものとは思えなかった。たやすくもないはずだ。完全に合法でもないだろう。

そんなことを考えながら石橋を渡った。薬局に立ち寄り、灰男亭に向かった。

扉を開けてみると、灰男亭は宿屋だった。客が集まって飲む談話室はなかった。かわりに豪華な調度を整えた小さな応接間があって、立派な服装のポーターがあからさまな嫌悪ではないにせよ、不満そうにわたしを凝視した。

「どんな御用でしょうか、若だんなさま」中に入ると、彼が尋ねてきた。

「ある若いご婦人を訪ねてきました。名前はディナエル」

ポーターはうなずいた。「いらっしゃるか見てまいります」

わたしは階段の方へ向かいながら言った。「おかまいなく。彼女が待っている」

男がわたしの前に立ちはだかった。「残念ですが、それはなりません。ですが、そのご婦人がおられるか、わたくしが見てまいりましょう」

男が片手を差し出した。わたしはその手を見つめた。

「お名刺は？」と男が尋ねた。「その若いご婦人にごらんいただきたいのですが？」

「いるかどうかわからない彼女に、名刺を渡せるはずがないだろう？」とわたし。

ポーターがまた微笑した。丁寧で、礼儀正しく、あまりに激しく不愉快だったので、しっかり心に留めて、覚えておいた。その微笑は芸術の域だった。舞台の上で育った者として、複数の基準からおもしろく鑑賞した。あのような微笑は特定の社会環境ではナイフのように使えるし、いつか必要になるかもしれなかった。

「ああ。そのご婦人はおいでになります」いくらか強調した言い方だった。「しかし、あなたに対しても、必ずしもおいでになるとはかぎらない」

「クォートが訪ねてきたと伝えればいい」わたしは気を悪くするより、むしろ楽しんでいた。「待ちましょう」

長くは待たずにすんだ。ポーターは、わたしを放り出したくてたまらなかったのに、とでも言いたげな、苛立たしげな表情で階段を下りてきた。「こちらへどうぞ」

あとについて階段を上がった。男が部屋の扉を開けたところで、できれば彼が苛立つことを願って、わたしはあえてそっけなく、堂々と男の横を通り抜けた。

そこは居間で、夕方の陽の光が差しこむ大きな窓があり、椅子やソファがあちこちにあるにもかかわらず、ゆったりして見えるほどの広さだった。奥の壁には打弦楽器のハンマーダルシマーが立てかけられていて、部屋の一角は巨大なモデグ式の大型ハープに完全に占領されていた。

デナは緑色のビロードのドレス姿で部屋の中央に立っていた。髪は、優美な首を引き立てるようにまとめられていて、エメラルドの涙型のイヤリングと、首にかかるそろいのネックレスが見えていた。

デナが話していた相手は若い男で……精いっぱいのよい表現をするなら、かわいらしかった。やさしそうな、髭をきれいに剃った顔に、大きな黒い目の持ち主だった。一時的というにはあまりに長く、運に見放されてきた若い貴族といった身なりだった。服は立派だったが、しわだらけだった。黒い髪は明らかに巻き毛を想定した髪型に切られていたが、最近手入れされた様子はなかった。目は落ちくぼみ、よく眠れていないようだった。

デナはわたしに両手を差し出した。「クォート」と声をかける。「こちらはジェフリーよ」

「はじめまして、クォート」とジェフリー。「ディナエルからよく聞かされていたよ。きみはちょっとした——なんていうのかな？　魔法使いだって？」率直で、まったく邪気のない笑顔だった。

「実のところ秘術士なんです」できるだけ礼儀正しく言った。「魔法使いというと、おとぎ話のでたらめがたくさん思い浮かんでしまう。暗い色のローブを着て、鳥を引き連れて空を飛ぶことを期待されてしまいまして。あなたは？」

「ジェフリーは詩人なの。すぐれた詩人よ、本人は否定するけど」

「するよ」ジェフリーは認めて、笑みを消した。「行かなくちゃ。待たせてはいけない人たちと約束があるんだ」彼はデナの頬にキスをして、心をこめてわたしと握手してから立ち去った。

ジェフリーが部屋を出て、扉が閉まるのをデナは見ていた。「いい子なの」

「残念そうに言うね」とわたしは返した。

「あんなにいい子でなければ、同時に二つのことを考えられたかもしれない。そうしたら二つの考えがこすれあって火花が出たかもしれない。ちょっとした煙でもいいの。そうしたら少なくとも頭が働いているみたいに見えたでしょうに」デナはため息をついた。

「ほんとにそんなに鈍いの？」

彼女は首を振った。「いいえ。ただお人好しなの。もともと計算高いところがなくて、一カ月前にここに来てから選択を誤ってばかりいるの」

わたしは外套に手を突っこんで、布でくるんだ小さな包みを一組とりだした。ひとつは青、ひとつは白。「きみに贈り物がある」

デナはすこし戸惑った様子で、手を伸ばしてそれを受け取った。
二、三時間前はとてもいい考えだと思ったのに、ばかげたことに思えてきた。「肺にいい」ふいにきまり悪くなって言った。「ときどき調子が悪くなるだろ」
デナがすこし首を傾げた。「どうして知ってるのか聞かせてもらおうじゃない？」

「トレボンでそう言ってたろ」とわたし。「ちょっと調べたんだ」一方の包みを指さす。

「こっちはお茶になる――フェザーバイト、オドリコソウ、ロハム……」もう一方を指さした。「こっちは水で煮だして、立ちのぼる蒸気を吸いこむ」

デナは包みをかわるがわる見比べた。

「中にやりかたを書いた紙を入れておいた」とわたし。「青いほうが、煮出して蒸気を吸いこむほう。水の青だよ」

彼女がわたしを見上げた。「お茶も水でつくらない？」

わたしはまごついて、赤くなって何か言いかけたが、デナは笑って首を振った。「からかっただけ」と、やさしく言った。「ありがとう。だれかにこんなに思いやりあることをしてもらったのは、もうずいぶん久しぶり」

デナはたんすのところへ歩いていって、凝った装飾を施された木製の箱に二つの包みを丁寧にしまいこんだ。

「きみはかなりいい暮らしぶりのようだね」わたしは豪華な調度が整えられた部屋を身ぶりで示して言った。

デナは肩をすくめて、興味なさそうに部屋を見まわした。「ケリンが自分のためにいい暮らしぶりをしてるの」と彼女は言った。「あたしはそのおこぼれの中にいるだけ」

わたしはうなずいてみせた。「パトロンを見つけたのかと思った」

「そんなに正式なものじゃないの。ケリンとあたしは、モデグふうに言うと一緒に出歩いていて、彼はあたしがハープにくわしくなるように教えてくれているの」彼女はハープがそびえ立つ部屋の片隅をあごで示した。

「何を習ったか、聞かせてくれる？」わたしは尋ねた。

デナは当惑した様子で首を振った。髪が両肩をすべり落ちた。「まだうまくないの」

「本能的な冷やかしや野次はこらえるよ」

デナが笑った。「わかったわ。ちょっとだけ」彼女はハープの裏にまわって、体を支える背の高い、背もたれのない椅子を出してきた。そして両手を上げて弦に添えると、しばらく間をおいて弾き始めた。

旋律は《ベル・ウェザー》の編曲だった。わたしは微笑した。

デナの弾き方はゆっくりで、ほとんど堂々たるものだった。速さがすぐれた音楽家の証明だと思いこむ人は多い。無理もない。マリーがエオリアンでやったのは、すばらしかった。でも運指の速さは、音楽においてはもっともささいなことだ。本当に肝心なのはタイミングだ。

冗談に似ている。だれだって言葉は覚えられる。だれだって繰り返せる。でも他人を笑わせるのに必要なのは、それだけではない。冗談を速く言えたって、おもしろさは増えない。多くのことと同じく、ためらうほうが急ぐよりましだ。

本物の音楽家がほとんどいないのは、そのせいだ。歌ったり、バイオリンで旋律を奏でたりできる人はたくさんいる。オルゴールは途切れることなく、何度も何度も歌を奏でられる。でも音を知っているだけでは不十分だ。いかに弾くかを知らなければならない。速さは時間と練習で身につけられるが、タイミングは生まれつきだ。持っている人は持っているし、持っていない人は持っていない。

デナはそれを持っていた。演奏しているあいだ、彼女の動きはゆっくりだったが、だらだらしてはいなかった。贅沢なキスのように、ゆっくりと弾いていた。この時点でわたしがキスについて何か知っていたわけではない。でも彼女が両腕をハープにまわして、まぶたをなかば閉じて集中して、唇を軽く結んだ姿に、わたしはいつかあれだけゆっくりと、念入りに口づけられたいと思っていた。

それに彼女は美しかった。音楽の才能を持つ女性をわたしが特に好ましく思うのは、なんら驚くに当たらないだろう。でもデナがハープを弾いたこの日、わたしは彼女を初めて見た。それまでのわたしは、デナの髪型やドレスのスタイルに気をとられていた。でも彼女が弾いていると、そのすべてが視界から消えた。

今のはとりとめがなかったな。つまるところ、彼女は明らかにまだ習っている段階だったが、みごとなものだったと言っておこう。いくつか音をまちがえたが、たじろぎもせず、逃げもしなかった。宝石職人には原石がわかるという。わたしにもわかる。彼女は原石だった。しかもすごい宝石の。

「《わらの中のリス》は、はるか昔だね」デナが最後の音を弾き終わると、わたしは静かに言った。

デナは肩をすくめて、目を合わせずに賛辞を受け流した。「練習のほかにすることがないのよ。それにケリンが、あたしにはすこしばかり才能があると言うの」

「練習を始めてどれくらいになる？」わたしは尋ねた。

「三旬間かな？」デナは考えこんでからうなずいた。「三旬間足らずね」

「すごいもんだ」わたしは首を振った。「どれだけ早く習得したか、だれにも言っちゃだめだ。ほかの音楽家たちに嫌われるよ」

「まだ指がついてこないの」デナは指を見下ろして言った。「ちっともおもいきり練習できなくて」

手を伸ばしてデナの片手を取り、手のひらを上に返して指先を調べた。治りかけの水ぶくれがあった。「きみ……」

目を上げて、どれだけ間近に立っているか気づいた。手に取った彼女の手はひんやりしていた。デナは大きな黒い目でわたしを見つめていた。片方の眉がわずかに上がった。つり上げるでもなく、いたずらっぽくもなく、ただ穏やかに興味深そうだった。ふいに胃が奇妙に弱った感じになった。

「あたしが何？」デナが尋ねた。

何を言おうとしていたか、さっぱりわからなかった。〝何を言おうとしていたかまったくわからない〟と言おうかと考えた。そしてばかげた言い方だと気づいた。そこで何も言わずにいた。

デナは視線を落としてわたしの手を取り、手のひらを上に返した。「あなたの手は柔らかいわね」と言って、指先に軽く触れた。「たこでざらざらかと思っていたらちがうのね。なめらかだわ」

彼女にじっと目を見つめられなくなって、ほんの少し知恵が戻ってきた。「時間の問題だよ」

デナはわたしを見上げて、はにかんだ笑みを浮かべた。頭の中がまっさらな紙のように真っ白になった。

しばらくして、デナは手を離すと、わたしのそばを通り過ぎて部屋の中央に向かった。

「何か飲み物でもいかが？」彼女は優雅に椅子にかけて尋ねた。

「ご親切にありがとうございます」まったく反射的に返した。まぬけにも手が宙に浮いていることに気づいて、体の脇に下ろした。

デナに近くの椅子を示されて、そこに腰を下ろした。

「これ見て」傍らのテーブルから小さな銀のベルを取り上げて、彼女がそっと鳴らした。それから指を伸ばして片手を上げた。そして親指、人差し指、と指折り数えていった。

小指を曲げる前に、ドアがノックされた。

「どうぞ」デナがこたえると、あの立派な身なりのポーターがドアを開けた。

「チョコレートを一杯いただきたいの」とデナ。「そしてクォートは……」

デナは物問いたげにわたしを見た。

「チョコレートで結構」

ポーターはうなずくと、部屋を出てドアを閉めた。

「ときどき走りまわらせるためだけにやるの」デナはベルを見下ろして、きまり悪そうに認めた。「どうして聞こえるのか想像もつかないわ。一時は、ドアに耳をつけて廊下にすわりこんでいると思いこんでたくらい」

「ベルを見せてもらってもかまわない？」わたしは尋ねた。

デナにベルを手渡された。一見かわったところはないが、ひっくり返すとベルの内側の表面に古文字術が小さく刻まれていた。

「盗み聞きはしてないね」と言って、彼女に返した。「下の階にもうひとつベルがあって、これに合わせて鳴るんだ」

「どうやって？」デナが尋ねて、自分で答えた。「魔法？」

「そうとも言える」

「それはあなたがあちらでやっているのと似たようなこと？」デナが頭で、川とその向こうの大学を示した。「ちょっと……下品な感じを受けるけど」

「これまで見た中で、もっともくだらない古文字術の使い方だ」

デナがふいに笑い出した。「すごく気を悪くしたみたいね。これを古文字術というの？」

「そういうものをつくるのは、工芸術。古文字術は、それを動かすルーン文字を書いたり彫ったりすることだ」

デナの目が輝いた。「書きつける魔法なのね？」と、椅子から身を乗り出した。「どういう仕組みなの？」

わたしはためらった。それは意義深い質問だっただけでなく、大学は秘術校の秘密開示について、とても細かい規則を設けているからだ。「かなり複雑なんだよ」とわたし。

幸いなことに、ここでまた扉がノックされて、湯気の立つチョコレートが注がれたカップが届いた。香りだけで口の中が潤った。男は近くのテーブルにお盆を置くと、無言で立ち去った。

ひとくち飲むと、とろりとした甘さに、笑みが浮かんだ。「チョコレートを前に飲んでから何年もたつよ」

デナはカップを手に取って、部屋を見まわした。「こんな暮らしで一生を終える人もいるなんて不思議よね」彼女は考えこんだ。

「気に入らない？」わたしは驚いて尋ねた。

「チョコレートとハープは好き。でもこのベルと、ただすわっているためだけの部屋はなくていいわ」彼女の口が曲がって、渋い顔のはじまりになった。「それにあたしを守るために人が置かれているのは嫌いなの。まるでだれかに盗まれかねないお宝みたいに」

「きみは大切に扱われるべきじゃないとでも？」

デナはわたしがどれくらい真剣か、はかりかねるようにカップの縁越しに両目を細めた。「しっかり鍵をかけて保管されるのは好きじゃないわ」険しさを含んだ声で、彼女がはっきり言った。「部屋を与えられるのはかまわないけど、出入りが自由でないなら、本当にはあたしのものじゃない」

わたしは片方の眉を上げたが、言葉を出す前に彼女がひらひらと手を振って打ち消した。デナはため息をついた。「本当にそういうのじゃないの。でもあたしの出入りがケリンの耳に入っていることはまちがいないわ。だれがあたしに会いに来ているか、ポーターが彼に伝えているのは知ってるの。少しいらいらさせられるだけ」彼女は歪んだ笑みをみせた。「ひどく恩知らずみたいよね？」

「まったくそんなことない。ぼくが小さかったころ、一座はあらゆるところを旅した。でも毎年パトロンの地所に二、三旬間滞在して、その一族とお客人のために舞台に上がったんだ」

思い出がよみがえって、頭を振った。「グレイファロウ男爵は親切なご主人だった。

ぼくたちもテーブルに同席したよ。贈り物をもらって……」もらったちっちゃな鉛の兵の連隊を思い出して、言葉が途切れた。思考をはっきりさせようと、頭を振った。「でも父はひどくいやがっていた。かんかんだったよ。だれかの意のままになっている感覚に耐えられなかったんだ」

「それよ！」デナが言った。「まさにそれ！ケリンがこの日の夕方にやってくると言うと、急に片足を床に釘でとめられたみたいな気がするの。それであたしがいなかったら、意地っ張りで無礼だということになるけれど、いたら戸口で待っている犬みたいな気持ちになるわ」

わたしたちはすこしのあいだ、黙ってすわっていた。デナは指にはめている指輪をぼんやりとくるくるまわしており、青白い石が陽の光に光っていた。

「それでも」とわたしはあたりを見まわした。「いい部屋だ」

「あなたがいれば、いいところだわ」と彼女。

数時間後、わたしは肉屋の裏の狭い階段を登っていた。下の通りからすえた脂肪の臭いがかすかに漂っていたが、わたしの顔には笑みが浮かんでいた。デナと過ごす午後は、

まったくの稀な喜びで、悪魔と契約を交わそうとしているというのに、足取りは驚くほど軽かった。

階段を上がった先にある堅い木の扉をノックして待った。組合の金貸しはわたしにびた一文貸してくれないだろうが、よろこんで貸してくれる手合いは必ずいる。詩人などロマンチックな人には〝銅の鷹〟と呼ばれたり、〝玄人〟と呼ばれたりするが、ゲーレットというほうが合っている。危険な連中で、賢い者ならまずかかわらない。

扉がほんのわずかに開き、そして大きく開かれて、赤みがかった金髪に、いたずら好きな妖精のような顔の若い女性が現われた。「クォート！」デヴィが大きな声をあげた。「今学期は会えないかと心配してたのよ」

中に足を踏み入れると、デヴィが後ろで閂（かんぬき）をかけた。窓のない広い部屋は、シナスの実と蜂蜜の心地よい香りがした。通りに比べれば喜ばしい変化だった。

部屋の一方の端には天蓋つきの巨大な寝台がそびえ立ち、暗い色のカーテンが引かれていた。反対側には暖炉、大きな木の机、そして四分の三が埋まった本棚があった。デヴィが戸締まりをしているあいだに、わたしはぶらぶらと近寄って本の題名を見た。

「このマルカフの写本は新しいの？」わたしは尋ねた。

デヴィが隣に立った。「そう。若い錬金術師が借金を返せなくて、清算するために蔵書から選ばせてくれたの」デヴィが本棚から注意深く抜き出した本の表紙には、金箔で『視覚と修正』と書かれていた。彼女がいたずらっぽい笑顔でわたしを見上げた。「読んだ？」

「読んでない」試験に備えて読んでおきたかったが、資料庫では写本が見つからなかった。「聞いたことがあるだけ」

デヴィはすこし考えこんで、その本を手渡してきた。「読み終わったら戻ってらっしゃいな。語り合いましょう。最近は嘆かわしいほど知的な会話がないの。まともな議論ができたら、また一冊貸してあげてもいいわ」

本をわたしに持たせて、彼女は表紙を指で軽くたたいた。「この本の価値は、きみより高いんだぞ」その声に、ふざけたところは微塵もなかった。「もしも返ってきたとき傷がついていたら、清算してもらうわ」

「よく気をつけるよ」

デヴィはうなずくと、向きを変えてそばを通り過ぎ、机のほうに歩いていった。「では、お仕事の話をしましょうか」彼女は腰を下ろした。「時間に余裕がないのでしょう？　授業料の払いこみは明日の正午までよ」

「危険で刺激的な人生をおくっているんですよ」ぶらぶらと歩いていって、向かい合わせに腰かけた。「そしてお目にかかるのは嬉しいながら、今学期は世話にならずにすませたいと思っていたんだ」

「レラールとしての授業料はお気に召して？」お見通しといったようにデヴィが尋ねた。

「どれくらいの痛手だったの？」

「それはかなり個人的な質問ですね」とわたしは言った。

デヴィは遠慮のない目でわたしを見た。「これからかなり個人的な取り決めをしようとしているのよね」と、彼女が指摘した。「出過ぎた質問とは思わないわ」

「九タラント半」とわたしは答えた。

彼女はあざけるように鼻を鳴らした。「きみはあらゆる点で賢いのかと思ってたわ。

「あなたは文書館を利用できたでしょう」わたしは指摘した。

わたしはレラール時代には、七タラントを超えたことはないわよ」

「豊富な知性を利用できたのよ」彼女はこともなげに答えた。「それにわたしはこんなにかわいらしいもの」にっこりすると、両の頬にえくぼができた。

「あなたは新しいペニー硬貨みたいにキラキラですよ。あなたに抵抗できる男はいない」とわたしは認めた。

「女性だってなかなかわたしに逆らえない人もいるのよ」デヴィの笑顔がわずかに変わ

り、愛らしい笑みからいたずらっぽさが消えて、かなり邪悪なものになった。

どう返していいかさっぱりわからなくて、安全な方向に舵を切った。「四タラント借りる必要がありそうなんだ」

「ああ」デヴィはふいに事務的になって、机の上で両手の指を組んだ。「残念ながら最近いくつか事業方針を変えたの。今は、六タラント以上しか融資しないのよ」

わたしはあえて失望を隠さなかった。「六タラント？　デヴィ、余計な借金は重荷になる」

彼女は少なくともすこしは申しわけなさそうに聞こえるため息をついた。「何が問題かというとね、融資するとき、わたしはリスクを負うの。借主が死んだとか、逃げようとした場合には、投資を失いかねないリスクがある。借主が通報しようとするリスクを負う。鉄の法に問われるリスクもあるし、もっと悪いと、金貸し組合を敵にまわす場合もあるの」

「ぼくが決してそんなことしないのは知っているだろう、デヴィ」

デヴィは続けた。「貸付が少額だろうと大金だろうと、わたしのリスクは変わらない。この事実は変わらない。少額融資のためにリスクを負いたくはないの」

「少額？　ぼくなら四タラントで一年暮らせる！」

デヴィは一本の指で机をたたき、唇を引き結んだ。「担保は？」

わたしはいちばんいい笑顔をみせた。「いつものやつ。ぼくのはてしない魅力で」

デヴィが不躾に鼻を鳴らした。「はてしない魅力と三滴の血で、通常レートで六タラント借りられるわ。二カ月で五十パーセントの利子」

取り入るように言ってみた。「デヴィ、余ったお金をどうしろと？」

「パーティーでもしたら？　バックルで一日過ごすとか。賭け金を積んでファロを楽しむとか」

「ファロは確率を計算できない人への税金みたいなもんだ」

「では胴元をやって税を集めることね。すてきな服でも買って、つぎに会うときに着ていらっしゃい」危険な目で上から下までわたしを見た。「そうしたら取引してあげるかも」

「六タラントを一カ月二十五パーセントではどうかな？」わたしは尋ねてみた。

デヴィは冷たくないそぶりで首を振った。「クォート、交渉しようとするきみの衝動には敬意を表するけれど、きみには何も提供できるものがないのよ。きみは窮地に陥って、ここにいる。わたしはその状況につけこんでいるの」彼女はどうしようもないといったように両手を広げた。「そうやってわたしは生計をたてているの。きみがかわいいからって、ここでは関係ないのよ」

デヴィはまじめな目つきになった。「逆に言うと、組合の金貸しがきみに力を貸してくれるなら、わたしがかわいくて、髪の色を気に入ってくれても、ここに来ないでしょうに」

「すてきな髪だ。ぼくたち炎のタイプは協力しあうべきだよ」

デヴィは賛成した。「そうね。二カ月五十パーセントで協力しあうことを提案するわ」

わたしは椅子に沈みこんで言った。「わかった。あなたの勝ちだ」

デヴィは人を惹きつける微笑みを浮かべてえくぼをみせた。「わたしが勝てるのは、二人とも参加している場合だけ」彼女は机の引き出しを開けて、小さなガラスの瓶と長い針を出してきた。

手を伸ばそうとすると、彼女は机の上を滑らせてそれをよこすかわりに、物思いに沈んだ目つきでわたしを見た。「考えてみたら、もうひとつ選択肢があるかもしれない」

「ぜひその選択肢のほうで」わたしは認めた。

「前に話したとき」デヴィはゆっくりと切り出した。「文書館に入る方法があるとほのめかしたでしょう」

わたしはためらった。「確かにほのめかした」

「その情報はわたしにとってかなりの価値をもつのよね」デヴィがわざとらしいほどさりげない口調で言った。隠そうとはしていたが、激しく、余裕のない飢えが彼女の目に見てとれた。

わたしは両手を見下ろして、何も言わずにいた。

デヴィは明言した。「いま十タラントあげる。融資じゃないわ。その情報を買い上げるの。もしも資料庫でつかまっても、あなたからは聞かなかったことにする」

十タラントあればできることをあれこれ考えてみた。新しい服。今にも壊れそうではないリュートケース。紙。来たるべき冬の手袋。

わたしはため息をついて首を振った。

「二十タラント。そして今後、きみのお望みの貸付に組合の利率を使う」

二十タラントあれば、半年分の授業料が心配無用になる。工芸館であくせく働いてデッキランプを作るかわりに、自分の課題を進められる。服をあつらえることができる。新鮮な果物。自分で洗濯しなくても、洗濯屋を利用できる。

しぶしぶと息をついた。「ぼくは——」

「四十タラント」デヴィが物欲しげに言った。「組合の利率で。そしてわたしの寝台へご招待するわ」

四十タラントあればデナに小型ハープを買ってやれる。ぼくは……。

視線を上げると、デヴィが机の向こうからわたしを見つめていた。唇は濡れていて、淡い青色の目は真剣だった。飛びかかる寸前の猫のように、両肩が前後にゆっくりと無意識に揺れていた。

わたしは下のもので安全かつ幸せに過ごしているアウリを思った。彼女の小さな王国に見知らぬ人が侵入したら、どうするだろうか？

「ごめん」わたしは言った。「できない。入ることは……複雑なんだ。ある友だちがかかわっていて、その人たちは気乗りしないと思う」デヴィの申し出の後半は無視することに決めた。なんと言っていいかさっぱりわからなかったからだ。

長く、張り詰めたひとときがあった。ついにデヴィが口を開いた。「ちくしょう。本当のことを言っているみたいね」

「そうなんだ。苛立たしいのはわかる」

「いまいましい」卓上の瓶と針をこちらに押しやりながら、デヴィは顔をしかめた。

わたしは手の甲を針で刺して、血の滴が盛り上がり、瓶の中に滴り落ちるのを眺めた。三滴たまったところで、針も瓶の口に傾けて入れた。

デヴィは接着剤を栓に塗って、腹立たしげに瓶に詰めた。引き出しに手を入れて、ダイアモンド針を一本取り出す。そしてガラスに数字を彫りこみながら訊いた。「わたしを信じる？　それとも封をしてほしい？」

「信頼しているよ」とわたし。「それでも封はして」

デヴィは溶かした封蠟を瓶の口に塗りつけた。わたしは才能パイプを蠟に押しつけて、はっきりと跡を残した。

デヴィは別の引き出しから六タラント取り出して、机の上にかちゃかちゃと置いた。不機嫌そうに見える仕草だが、彼女の目は厳しく怒りに満ちていた。

「なんとしてでも入ってやる」デヴィの口調には冷たい棘があった。「お友だちと話しておいて。あなたが手を貸してくれるのなら、相応の見返りは出すから」

第十一章　安息所

　新たな負債を抱えたが、わたしは上機嫌で大学に戻った。いくつか買い物をしてから、リュートを手にして、外へ出て屋根の上に向かった。

　メインスの中を行くのは悪夢だった――どこにもたどりつけない不条理な廊下と階段の迷路だ。でもごちゃごちゃした屋根の上を渡るのはきわめて簡単だった。わたしは小さな中庭をめざした。メインスを建築中のどこかで、完全に出入口がなくなってしまい、琥珀の中の蠅のように閉じこめられて、まったくアクセス不能になった場所だ。

　アウリと約束したわけではなかったが、ここは初めて彼女に会った場所で、雲のない夜にはときどき彼女が星を眺めに現われる。中庭を見わたせる講義室が暗くて人けがないのをたしかめてから、リュートを取り出して調弦を始めた。

　一時間ほど弾いたところで、下のほうの草木が生い茂る中庭からかさかさと物音が聞こえた。そして伸び放題のリンゴの木をするすると登って、屋根の上にアウリが現われた。

アウリが駆けてきた。素足で軽々とタールの上を跳び越えて、髪を後ろになびかせながら。「聞こえた！ ずっと下の飛び声にいても聞こえたわ！」とこちらに近づきつつ言った。

わたしはゆっくり言った。「確か、だれかのために音楽を奏でる予定だったような記憶があってね」

「あたし！」アウリは両手を胸の近くに持ってきてにっこりした。熱意のあまり踊り出すように足をそわそわと動かす。「あたしのために弾いて！ 二つの石を一緒にしたみたいに辛抱強く待ってたの。ちょうど間に合った。三つの石みたいには辛抱できなかったわ」

わたしはためらってみせた。「そうだな、すべてはきみが何を持ってきてくれたかによるんじゃないかな」

アウリは笑った。両足を踏みしめて立ち、両手はまだ胸の近くに持ってきたままだった。「あたしには何を持ってきてくれたの？」

わたしは膝をついて、持ってきた包みをほどきはじめた。「持ってきたものは三つ」

にっこりしてアウリが言った。「実に伝統どおりね。今夜はとてもきちんとした若紳士なのね」

「そうだよ」わたしは暗い色の重い瓶を掲げた。

アウリは両手で受け取った。「だれがつくったの?」

「蜂(ビー)。それからブレドンの醸造家(ブリュワー)」

アウリが微笑した。「蜂(B)が三匹(みっつ)」と言って、足のそばに瓶を置いた。わたしは焼きたての丸い大麦パンをひとつ取り出した。アウリは手を伸ばして一本指で触れると、満足げにうなずいた。

最後に取り出したのはスモークサーモンまるごと一匹だった。これだけで四ドラブしたが、わたしがいないときにアウリがかき集められるものでは、肉が足りていないのではないかと心配だった。彼女のためにいいはずだ。

アウリは興味深げにサーモンを見下ろし、首をかしげて、こちらを見ているような魚の目をのぞきこんだ。「こんにちは、おさかな」とアウリは言って、わたしに視線を戻した。「これには秘密がある?」

わたしはうなずいた。「心臓のかわりにハープを持っているんだ」

アウリは再び魚を見下ろした。「だからこんなにびっくりした顔なのね」

彼女はわたしの手から魚を受け取ると、注意深く屋根の上に横たえた。「じゃあ立って。あなたにあげるものは三つ。おあいこね」

わたしが立ち上がると、アウリは布に包まれた何かを差し出した。それは太い蠟燭で、ラベンダーの香りがした。「何が入っているの？」わたしはたずねた。

「幸せな夢。あなたのために入れておいた」

蠟燭を手の中でひっくり返して、ふと疑念がわいた。「自分でつくったの？」

アウリはうなずいて、うれしそうににっこりした。「そうよ。あたしはとんでもなく賢いの」

蠟燭を外套のポケットに注意深く入れた。「ありがとう、アウリ」

アウリはまじめな顔になった。「こんどは目を閉じてかがんで。二つ目の贈り物をあげるから」

戸惑いながら、目を閉じて腰を曲げた。帽子もつくってくれたのだろうかと思った。

顔の両側に彼女の手を感じたと思うと、アウリが額の真ん中に小さく、かすかなキスをした。

驚いて目を開けた。でもアウリはすでに二、三歩離れて立ち、不安そうに両手を後ろで組んでいた。なんと言っていいかわからなかった。

アウリが一歩前に出た。「あなたはあたしにとって特別」まじめな顔で、真剣に言った。「いつだってお世話してあげるから覚えておいて」彼女はおそるおそる手を伸ばしてわたしの両頬を拭った。「ちがうな。今晩はそういうのはないのね。これが三つ目の贈り物。事態が悪いときは、下のものにきて一緒に過ごしていい。あそこはすてきだし、あなたも安全」

「ありがとう、アウリ。きみもぼくにとって特別だ」口がきけるようになってすぐに言った。

アウリはこともなげに言った。「当然よ。あたしは月みたいにかわいいもの」

煙突から突き出した金属製の配管のところへアウリがスキップしていって瓶の蓋をこじ開けるあいだに、わたしは心を落ち着けた。

「アウリ」尋ねてみた。「足は冷たくない？」

彼女は両足を見下ろした。「タールは心地いい。太陽でまだ温かいの」つま先をもじもじさせて言う。

「靴はほしい？」

「靴は中に何を持っているの？」アウリは尋ねた。

「きみの足。もうすぐ冬だ」

アウリが肩をすくめた。

「足が冷たくなるよ」

「冬は上には出てこない。あまり心地よくないの」

返事をする前に、エロディンが大きなれんがの煙突のところにさりげなく現われた。まるで午後の散歩にでも出てきたように。

一瞬互いに見つめあって、三者三様に驚いた。エロディンとわたしはびっくりしていたが、視界の端で、アウリはまったく動かなくなった。安全なところへ跳んで逃げようとする鹿のように。

「エロディン師匠」彼がアウリを驚かせて走り去らせてしまわないように心底願いながら、わたしはきわめてやさしく、友好的な口調で言った。前に彼女がおびえて地下へ戻ったときは、また現われるまで、一旬間かかったのだ。「お会いできてうれしいです」

「やあこんにちは」エロディンはわたしのさりげない調子に完璧に合わせて言った。夜更けに屋根の上で三人が出会うことになんの不思議もないかのようなそぶりだった。だがおそらくエロディンにとっては、本当になんの不思議でもなかったのかもしれない。

「エロディン師匠」アウリは素足の一方をもう一方の後ろに下げて、ぼろぼろのワンピースの両端を引っ張り、膝を曲げて小さくお辞儀した。

エロディンは月の光が投げかける高いれんがの煙突の影の中にとどまっていた。彼が妙に正式なお辞儀を返した。顔はよく見えなかったが、彼が好奇心旺盛な目で、後光のように髪をふわふわ漂わせた素足の浮浪児のような少女を観察しているのが想像できた。

「さてこのすばらしい夜に二人は何をしにきたのかな?」エロディンが尋ねた。

わたしは緊張した。アウリに質問は危険だ。

幸いなことに、この質問は気にならなかったようだった。「クォートがすてきなものを持ってきてくれたの。蜂蜜のビールと、大麦のパンと、心臓のかわりにハープを持つ魚の燻製」

「ああ」エロディンが煙突から離れながら言った。ローブをぱたぱたはたいて、やがてポケットに何か入っているのを見つけた。それを彼女に差し出す。「残念ながら、わたしはシナスの実を一個しか持ってこなかったようだ」

アウリは小さな踊り子のステップで一歩後ろに下がって、受け取ろうとしなかった。

「クォートにも何か持ってきた?」

この問いかけに、エロディンは調子を狂わされたようだった。腕を伸ばしたまま、すこしのあいだぎこちなく佇(たたず)んでいた。「残念ながら持ってきていない。でも、クォートもわたしには何も持ってきていないと思うよ」

アウリは目を細くして、断固とした非難のしるしに小さなしかめ面をつくった。「クォートは音楽を持ってきたわ」と彼女が厳しく言った。「それはみんなのため」

エロディンはまた躊躇（ちゅうちょ）した。正直なところ、わたしはエロディンがだれかの行動にまごつくというめったにない様子を楽しんでいた。エロディンがこちらの方へ向いて、軽くお辞儀をした。「申しわけない」

わたしは寛大なそぶりをみせた。「お気になさらず」

エロディンはアウリに向きなおってもう一度、手を差し出した。

アウリは小さく二歩前に出て、ためらい、さらに二歩進んだ。ゆっくり手を伸ばして、小さな果実に片手をかけてすこし間（ま）をおくと、胸の近くに両手で持って、大急ぎで数歩離れた。「ご親切にありがとう」また小さなお辞儀をして、アウリは言った。「では、お望みなら参加してかまわないわ。お行儀よくしていたら、そのままあとでクォートの演奏を聴いていってもいいのよ」

アウリはすこし首をかしげて、語尾を質問にした。

エロディンはためらって、うなずいた。

アウリは駆けまわって屋根の反対側へ行き、そこからリンゴの木の大枝をつたって中庭に下りていった。

エロディンは彼女が行ってしまうのを見守っていた。彼が頭を傾けたとき、ちょうど月光の加減で、物思いにふける表情が見えた。ふいに激しい不安が胸につかえた。「エロディン師匠？」

彼が振り返ってわたしに顔を向けた。「ん？」

アウリが下のものから何を持ってくるにしても、三、四分しかかからないことは経験から知っていた。早口で話す必要があった。

「奇妙に受け取られるのはわかっています。でも気をつけて。彼女はとても臆病なんです。触ろうとしないで。急に動かないで。おびえて逃げてしまう」

エロディンの表情は、また影に隠れてしまった。「そうなのか？」

「大きな音もだめ。大声で笑うのも。それから個人的質問みたいなのもいけません。訊いたら逃げ出してしまう」いろいろな思いが駆けめぐり、大きく息を吸った。頭の中では雄弁だったし、充分な時間があれば、ほとんどだれだってなんだって説得できる自信があった。でもエロディンはただ予測不能で、操縦できなかったんだ。

「彼女がここにいることはだれにも言わないで」意図していたより強い言い方になって、すぐに言葉の選び方を後悔した。わたしは師匠のひとりに指示できる立場にはなかった。たとえ相手が半分以上イカレていたとしても。「つまりぼくが言いたいのは、彼女のことをだれにも言わないでくださったら、心から恩に着ます」と急いで言った。

エロディンは長いあいだ考えこむような目つきでこちらを見た。「して、それはなぜかね、レラール・クォート？」

エロディンの落ち着いた、おもしろがるような口調に、汗がふきだした。「彼女が安息所に入れられてしまう。特にあなたは……」喉がからからに渇いて、言葉が途切れた。

わたしをじっと見下ろすエロディンの顔はほとんど影にすぎなかったが、彼が顔をしかめたのが感じられた。「特にわたしがなんだね、レラール・クォート？　安息所に対するわたしの気持ちを知っているつもりか？」

洗練された、なかば計画的な説得のすべてがめちゃめちゃになって足元に崩れ落ちるのを感じた。ふいにタルビアンの通りに戻ったような気がした。胃は飢えて縮こまり、胸はどうしようもない絶望でいっぱいだった。水夫や商人の袖をつかんでペニー、半ペニー、シム硬貨の施しをせがんだ。食べられるものを手に入れるために、なんでもかまわないから物乞いしたころの気分だ。

「お願いです。お願いです、エロディン師匠、追いかけたら彼女は隠れてしまって、もう見つけられない。彼女は頭があまりまともじゃないけど、ここで幸せなんです。それにぼくが面倒を見てやれる。たくさんではないけど、少しは。捕まってしまったら、もっとひどいことになる。安息所は彼女を殺してしまう。お願いです、エロディン師匠。

なんだってやります。どうかだれにも言わないで」

「静かに。彼女が来る」エロディンが手を伸ばしてわたしの肩をつかむと、月の光がその顔を照らした。その表情は、まったく険しくも硬くもなかった。当惑と懸念だけがあった。「なんともはや、震えているじゃないか。ひと呼吸して舞台用の顔をしろ。こんな状態のきみを見たら、きみにおびえるぞ」

わたしは深呼吸して、緊張をゆるめようと試みた。エロディンが心配そうな表情を消して、わたしの肩から手を離して、後ろに下がった。

振り返ると、ちょうどアウリが腕いっぱいに何か抱えて、屋根の上を急いでこちらへ駆けてくるところだった。すこし離れたところで立ち止まり、われわれを見つめてから、踊り子のように慎重なステップで残りの距離を詰めて、もともと立っていた場所に戻ってきた。そして屋根の上にそっとあぐらをかいてすわった。エロディンとわたしもすわったが、優雅さでは及びもつかなかった。

アウリは布を広げて三人のあいだに注意深く敷き、なめらかな木の大皿を中央に置いた。シナスの実を取り出して、果実の上から両目をのぞかせて香りをかぐ。「この中には何が入っているの？」アウリがエロディンに尋ねた。

「陽の光だよ」彼は造作なく、まるで質問を予期していたように答えた。「さらに言うなら、早朝の陽の光だ」

二人は知り合いなのだ。そうか、だからアウリは最初から逃げ出さなかったのだ。肩甲骨のあいだに凝りかたまった緊張の棒がすこしゆるむのを感じた。

アウリはもう一度果実の香りをかいで、すこし考えたようだった。「すてき」と彼女が意見を言った。「それでもクォートの物のほうがもっとすてきだわ」

「それには理由がある。クォートのほうがわたしよりいい人間だからだろう」とエロディン。

「言うまでもないわ」アウリがすました口調で言った。

アウリがパンと魚をそれぞれに分けて、食卓に夕食を出した。また、ずんぐりした陶器の瓶に入った塩漬けオリーブも出してきた。わたしがいないときは自給できているとわかって、うれしくなった。

アウリはおなじみの瀬戸物のティーカップを出してきてビールを注いでくれた。エロディンはジャムの保存用のような、小さなガラスの瓶を受け取った。アウリはエロディンに一杯目を注いだが、二杯目は注がなかった。単にすぐ手が届かない距離だからなのか、それとも不興を示すかすかなサインなのか、わたしにはわからなかった。

われわれは言葉を交わすことなく食事をした。アウリは背筋を伸ばして、上品に少しずつかじった。エロディンは慎重に、ときどきどうふるまっていいか自信がないかのように、わたしをちらりと見ていた。その様子から察するに、一度もアウリと食事を共にしたことがなかったのだろう。

食べ終わると、アウリが小さなぴかぴかのナイフを取り出して、シナスの実を三つに分けた。果皮にナイフが入ったとたんに、甘くてきつい香りが立った。口の中が潤った。シナスの実ははるか彼方から運ばれてくるので、高価すぎてわたしなどには手が届かなかった。

アウリがわたしの分を差し出してくれたので、そっと受け取った。「親切にありがとう、アウリ」

「親切にどういたしまして、クォート」

エロディンはわたしたちを交互に見た。「アウリ？」

彼が質問を終えるのを待ったが、それだけのようだった。

アウリのほうが先に理解した。「あたしの名前」彼女は誇らしげににっこりして言った。

「そうなのかね」エロディンが興味深げに言った。

アウリがうなずいた。「クォートがつけてくれた」わたしの方に顔を向けてにっこりした。「すごくいいでしょう?」

エロディンがうなずいた。「かわいらしい名前だ。それにきみに似合う」と礼儀正しく言う。

「そうなの」アウリが同意した。「心に花があるみたい」彼女はまじめな目つきでエロディンを見た。「名前が重くなりすぎてきたら、クォートに新しくつけてもらうといいわ」

エロディンはまたうなずいて、取り分けられた果実をひとくち食べた。咀嚼しながら、エロディンがこちらに顔を向けてわたしを見た。月光の中で彼の目が見えた。落ち着いて、思慮深く、完全に、まったく正気だった。

夕食が終わると、わたしは二、三曲歌って、互いにさよならをした。

エロディンとわたしは一緒に帰途についた。メインスの屋根から下りる方法をわたしは少なくとも六とおり知っていたが、帰り道はエロディンの案内に任せた。

屋根から上に突き出た丸い石造りの展望台のそばを通って、そこそこ平坦なトタン張りが長く続く場所へ差しかかった。

「彼女に会いにくるようになってどれくらいだ？」エロディンが尋ねた。

考えてみた。「半年？　いつから数えるかによります。ちらりと姿が見えるまで二、三旬間は弾きましたし、信頼して話をしてくれるまでは、もっとかかりました」

「わたしより運がいい。何年もかかった。十歩以内の距離に近寄ってきたのは今回が初めてだ。いい日でも言葉をせいぜい十あまり交わすのがやっとだ」

幅の広い、低い煙突によじ登って、分厚い木材にタールを重ねたなだらかな傾斜の上に戻った。歩きながらだんだん不安になった。どうしてエロディンはアウリに近づこうとしていたのだろう？

エロディンと一緒に安息所へ行って、彼のギレール、アルダー・ウィンを訪ねたときのことを考えた。アウリがそこにいるのを想像した。小さなアウリが分厚い革のベルトで寝台にくくりつけられて、自傷したり、食事を与えられるあいだ、のたうちまわったりしないように拘束されている姿を想像した。

わたしは立ち止まった。エロディンは二、三歩進んで、振り返ってわたしを見た。

「彼女はぼくの友だちです」わたしはゆっくり言った。

エロディンがうなずく。「それは明らかだ」

「ひとり失うのに耐えられるほど、ぼくの友だちは多くありません。彼女はだめだ。だれにも言わないか、安息所には追い払わないと約束してください。あれは彼女にふさわしいところじゃない」喉が渇いて、唾をのみこんだ。「約束してほしいんです」

エロディンが首を傾げた。「〃さもないと〃が聞こえるな」と楽しげな口調で言う。「実際には言っていないがね。約束してほしい、〃さもないと〃……」彼の口の端が歪んで、小さな苦笑になった。

その笑みを見て、瞬間的な怒りが不安と恐怖に混じった。ふいに熱いプラムとナツメグの味が口に広がり、ズボンの下の腿にくくりつけてあったナイフを強く意識した。自分の手がゆっくりポケットに滑りこむのが感じられた。

そしてエロディンの背後二メートル足らずにある屋根の端が視界に入り、わたしの足がわずかに位置をずらして、全速力で彼を引き倒してもろともに地面に敷かれた硬い丸石の上へ落とそうとする構えになったのを感じた。

急に冷や汗が全身に広がって、目を閉じた。ゆっくり深呼吸すると、口の中の味は消えた。

再び目を開いた。「約束してほしいんです。さもないと、おそらくぼくはだれにも想像できないくらい、とてもばかなことをしでかします」唾をのんだ。「そして、二人ともろくでもない結果になります」

エロディンがわたしを見た。「なんとも実に正直な脅迫だ。普通はもっとどなり声で、軟骨質(グリストリー)なものだが」

「〝軟骨質(グリストリー)〟？」〝ト〟を強調して訊き返した。「〝陰惨(グリスリー)〟では？」

「どちらもだ。普通はいろいろ言うもんだ。〝膝をめちゃめちゃにしてやる。首をへし折ってやる〟」と、彼は肩をすくめた。「軟骨を連想させる。鶏をさばいているときみたいに」

「ああ。なるほど」

しばらく互いに見つめ合った。

やがてエロディンが言った。「だれかをよこして彼女を収容させたりせんよ。安息所は一部の者には適した場所だ。多くの者には唯一の場所でもある。でももっといい選択肢があるなら、狂犬でもあんなところには閉じこめたくない」

彼は背を向けて歩き出した。わたしがついてこないので、振り返ってこちらを見た。

「それでは不十分だ。約束してほしいんです」とわたし。

エロディンが言った。「母の乳にかけて誓おう。わが名前とわが力にかけて。刻々と変わる月にかけて誓おう」

われわれはまた歩き出した。

「彼女にはもっと暖かく過ごせる服が必要です。それに靴下と靴。それから毛布。それも新品じゃないとだめです。アウリはほかの人が使っていた物は受け取りません。やってみました」

「わたしからは受け取らんよ。いろいろなものを置いて立ち去ってみた。彼女は触らんのだ」とエロディンはわたしに顔を向けた。「きみに預けたら、きみから渡してくれるかね？」

わたしはうなずいた。「その場合、彼女には約二十タラント、卵の大きさのルビー、新しい彫刻セットも必要です」

エロディンが本物の、飾り気のない笑い方でくすくす笑った。「彼女はリュートの弦も要るかね？」

わたしはうなずいた。「手に入れば二組」

「なぜアウリなんだ？」エロディンが尋ねた。

「彼女には、ほかにだれもいないからです。ぼくにもいません。互いに面倒をみなかったら、だれが面倒をみてくれます？」

エロディンが首を振った。「そうじゃない。なぜ彼女にアウリという名前を選んだ？」

きまり悪くなった。「ああ。とても輝かしくてやさしいから。そうなる理由もないのに、それでも彼女はそうなんです。アウリは〝陽当たりの良い〟という意味です」

「どの言語で？」とエロディン。

わたしはためらった。「シアル語だと思います」

エロディンが首を振った。「〝陽当たりの良い〟はシアル語で〝レヴィリエット〟だ」

どこでこの言葉を知ったか、考えてみた。文書館で偶然見つけたのだろうか……？

思い出す前に、エロディンが口を開いた。「こんど教える講義の準備をしているところでね。繊細でとらえがたい命名術に関心がある人向けだ」とさりげなく言って、横目でわたしを見た。「きみにとっても、まったくの時間の浪費にはならんかもしれないと思いついてね」

「関心があるかもしれません」わたしは慎重に言った。

エロディンはうなずいた。「予習にテッカムの『根底本原』を読んでおくといい。長ったらしい本ではないが、詰まっている。言いたいことがわかるかな」

「写本を貸してくださるなら、何より読みたいです。そうでなければ、手ぶらで乗り切らないといけません」エロディンは怪訝そうにわたしを見た。「文書館には出入りを禁じられています」

「なんと、いまだに？」エロディンが驚いて尋ねた。「もうどれくらいになる？　半年か？」

「いまだに」

エロディンは憤慨したようだった。

「あと三日で、一年の四分の三です。ぼくをまた中に入れることについては、ローレン師匠がお気持ちを表明されました」

エロディンが妙に弁護するような調子で言った。「それはまったくの馬のクソだな。きみはいまや、わたしのレラールなのに」

エロディンが向きを変えて、わたしがいつも避けていた素焼きの屋根瓦葺(ぶ)きの部分へ向かった。そこから狭い路地を跳び越えて、宿の傾斜した屋根を横切り、みごとな石造りの広い屋根に出た。

やがて、幅の広い窓の内側に温かな蠟燭の明かりがともるところにたどりついた。エロディンがまるで扉をノックするように、窓ガラスを鋭くノックした。わたしはあたりを見まわして、師匠の間(ま)の上に立っていることに気づいた。

すこし間があって、背の高い細身のローレン師匠の影が、窓の向こうの蠟燭の明かりを遮るのが見えた。彼が掛け金を動かすと、窓全体が蝶番(ちょうつがい)で大きく開いた。

「エロディン、何かご用かな」ローレンが尋ねた。奇妙な状況だと彼が思っていたとしても、表情からそうとは読み取れなかった。

エロディンが肩越しにぐいと親指でわたしをさした。「この少年は、まだ文書館に立ち入り禁止だとか。そうなのか？」

ローレンの無表情な目がわたしに移り、またエロディンに戻った。「そのとおり」

「では入れてやってくれ。読み物が必要なんだ。きみの主張はもう充分に伝わっている」

ローレンがきっぱりと言った。「この子は向こう見ずだ。一年と一日は出入り禁止にするつもりでいた」

エロディンがため息をついた。「はいはい、そりゃ伝統的だな。もう一度機会を与えたらどうだ？　わたしが保証人になろう」

ローレンは長いあいだわたしを見つめていた。わたしはできるかぎり信頼できる人物に見えるように心がけたが、夜更けに屋根の上に立っていることを考えると、あまりうまくいかなかった。

「よろしい。書物庫のみ」とローレン。

エロディンは一蹴するように言った。「書物庫は食べ物も自分で嚙めない無気力な能なしのための場所だ。こいつはレラールだ。二十人分の力を持ってるぞ！　資料庫を探索してあらゆる役立たずなものを発見する必要があるんだ」

ローレンが平然と落ち着きはらって言った。「その子などどうでもいいのだ。わたしが気にかけているのは文書館そのものだ」

エロディィンが手を伸ばしてわたしの肩をつかみ、すこし前に押した。「これはどうだ？　またいたずらをしているところをつかまえたら、この子の両方の親指を切り落としていいとしよう。見せしめになると思わんか？」

ローレンはわれわれ二人をゆっくりと見て、それからうなずいた。「よろしい」と言うと、彼は窓を閉じた。

「ほらよ」エロディィンが間延びした口調で言った。

「なんだって？」手をもみながら彼を問い詰めた。「ぼく……なんだって？」

エロディィンが戸惑ってわたしを見た。「何？　入れるぞ。一件落着」

「ぼくの親指を切っていいなんて、勝手に言わないでください！」

彼は片方の眉を上げた。「また規則を破るつもりか？」わざわざそう尋ねた。

「なんて——いや。でも……」

「なら、何も心配はない」エロディィンが言った。向きを変えて、屋根の傾斜をまた登っていく。「おそらくは。わたしがきみなら、それでも慎重は期すだろう。ローレンは冗談なのか本気なのか、まるで読めないからな」

――――――――

次の日は、起きてすぐに事務の会計係へ向かい、大学の財布の紐を握っている、やつれ顔のリエムと精算した。苦労して手に入れた九タラント五を支払い、もう一学期大学で過ごす場所を確保した。

つぎに受講原簿をあたって、医局での見学、観相術、医術に登録した。次が鯨場(げいじょう)のキャマールのもとでの鉄と銅の冶金術、最後がエルクサ・ダルのもとでの熟練者向け共感術だ。

そこで初めてエロディンの講義の名前を知らないことに気がついた。原簿をぺらぺらとめくってエロディンの名前を発見して、講義名が並んでいるところに指を走らせると、真新しい黒のインクでこう書かれていた――〝ばかなうすのろにならない入門〟。

わたしはため息をついて、その下にひとつあった空欄に署名した。

第十二章　眠れる心

翌日目をさまして、最初に考えたのはエロディンの講義のことだった。興奮で胸がどきどきした。命名術の師に教えを乞うために何カ月もかかって、ようやく命名術を学ぶ機会が手に入ろうとしていた。本当の魔術。勇者タボーリンの魔術。

だが楽しみの前に仕事だ。エロディンの講義は正午からだ。デヴィへの借金が頭から離れなかったので、鯨場で二、三時間の作業をねじこむ必要があった。

キルヴィンの作業室に入ると、作業に勤しむ五十の手から生まれる騒音が音楽のように押し寄せてきた。危険な場所でありながら、この作業室は妙に落ち着く場所だった。多くの学生は、秘術校でのわたしの位階昇格の早さを腹立たしく思っていたが、ほとんどの工芸術士からは、しぶしぶながらの敬意を勝ち取っていた。

マネが炉のそばで作業しているのが目に入って、使用中の作業台のあいだを縫って彼のもとへ向かった。マネはいつもどの作業がいちばん稼げるか知っていた。

「クォート！」

巨大な部屋が静まりかえり、振り返るとキルヴィン師匠が研究室の入口に立っていた。彼はそっけない手招きをして、また研究室の中へ戻っていった。

学生たちが作業を再開して、ゆっくりと音が部屋に満ちていったが、作業台のあいだを縫って室内を横切るあいだ、視線が集中しているのを感じた。

近くまで行くと、研究室の幅の広い窓からキルヴィンが壁にかけられた石板に書きものをしているのが見えた。キルヴィンの身長はわたしより十五センチ高くて、胸は樽のようだった。もじゃもじゃの立派なあご髭と黒い目が、彼を実際よりいっそう大きく見せていた。

礼儀正しく扉の枠をノックすると、キルヴィンが振り返ってチョークを置いた。「レラール・クォート。入りなさい。扉を閉めて」

おそるおそる研究室に足を踏み入れて、外開きの扉を閉めた。作業室の騒々しい話し声と音があまりにも完全に遮断されたので、わたしはキルヴィンが何か巧妙な古文字術を使って騒音を消しているにちがいないと思った。結果として生じたのは、室内のほとんど不気味なほどの静けさだった。

キルヴィンが作業台の片隅から一枚の紙を手に取って口を開いた。「悩ましい話を聞いた。数日前に、ある女性が倉庫に訪ねてきた。その子が探していたのは、彼女にお守りを売ってくれた若い男だ」彼はわたしの目を見つめた。「この件について何か知っているか？」

わたしは首を振った。「彼女はなんの用だったのですか？」

「わからん」と、キルヴィン。「そのとき倉庫で働いていたのはエリール・バジルだ。その少女は若く、ずいぶん悩んでいるように見えたという。彼女が探していたのは――」キルヴィンは紙に視線を落とした。「――若い魔法使い。男の名前は知らなかったが、歳は若く、赤毛で、魅力的だったそうだ」

キルヴィンは紙を置いた。「バジルによると、話しているうちに彼女の動揺がひどくなったそうだ。こわがっている様子で、バジルが彼女の名前を訊こうとしたら、泣きながら走り去ったという」深刻な顔で、キルヴィンは巨大な腕を胸の前で組んだ。「率直に訊こう。若い女性にお守りを売っていたのか？」

その質問は不意打ちだった。「お守り？　なんのお守りです？」

キルヴィンは陰鬱な調子で言った。「それはこっちが訊きたい。愛のお守りか、幸運のお守りか。子が授かるのを助けるためか、避けるためか。悪魔のたぐいに対する魔除けか」

「そんな物がつくれるのですか？」

キルヴィンはきっぱりと言った。「いや。だからわれわれはそのようなものは売らない」キルヴィンの黒い目は厳しくわたしを見据えていた。「だからもう一度訊く——町の無知な住民にお守りを売っていたのか？」

そんなことを責められるとは思いもよらなかったので、まともな自己弁護は何も思いつかなかった。そしてばかばかしさに、ふいに笑い出してしまった。

キルヴィンが目を細めた。「笑いごとではない、レラール・クォート。そのようなことを大学は明示的に禁じているだけでなく、学生が偽のお守りを売るというのは……」キルヴィンは言葉を切って、首を振った。「著しい人格的な欠陥の表われだ」

わたしは着ていたシャツを引っ張って言った。「キルヴィン師匠、ごらんください。だまされやすい町の住民をだましてお金を手に入れていたら、手織りの古着を着る必要はありません」

キルヴィンは初めてわたしの服に気づいたように眺めた。「たしかに。しかし財力のない学生のほうがそういった行動をとりがちだとも考えられるな」

わたしは認めた。「考えたことはあります。一ペニー分の鉄と、十分あればできる簡単な古文字術で、触ると冷たいペンダントがつくれます。そういうものなら売るのに苦労しないでしょう」肩をすくめた。「でもそれが不正な調達に該当することはよくわかっています。そんな危険は冒しません」

キルヴィンが眉をひそめた。「秘術校の一員がそのような行動をとらないのは、それがまちがっているからだ。レラール・クォート。危険が大きいからではない」

わたしはみじめな笑顔をしてみせた。「キルヴィン師匠、そこまでぼくの道徳観に信頼を寄せてくださっていれば、そもそもこんなやりとりはなかったでしょう」

キルヴィンの表情がすこし和らいで、かすかに微笑んだ。「認めよう。そんなことをきみがするとは思わない。だが以前に驚かされたことがある。こういったことを調べなければ、職務怠慢になるのだ」

「その女性はお守りについて文句を言いにきたのですか？」

キルヴィンが首を振った。「いいや。いま言ったとおり、何も聞いていない。だがそうでないなら、お守りを持った若い女性がきみの特徴だけを頼りに、名前も知らずに探しにくる理由が思いつかんだろう」彼は片方の眉を上げて、問いかけた。

わたしはため息をついた。「正直な意見をお望みですか、キルヴィン師匠？」

キルヴィンが両の眉を上げた。「いつでも、レラール・クォート」

「だれかがぼくを陥れようとしているのだと思います」錬金術を使って毒を盛るのに比べたら、噂を広めるのはアンブローズにしては上品ともいえる行動だった。

キルヴィンはぼんやりとあご髭を片手でなでつけながらうなずいた。「うむ。なるほど」

彼は肩をすくめてチョークを手にした。「それでは、この件はさしあたり解決したと見なそう」キルヴィンは再び石板に向かって、肩越しにわたしをちらりと見た。「鉄のペンダントを振りかざしてきみを罵る大勢の妊婦にわたしが悩まされることはないと信頼していいかな？」

「そんな事態を回避するように対策を講じます、キルヴィン師匠」


鯨場で出来高払いの作業を二、三時間してから、エロディンの講義が開かれるメインスの大講義室に向かった。開始時間は正午だったが、三十分早く着いて一番乗りだった。ほかの学生たちがやがてぽつりぽつりとやってきた。全部で七人。最初に来たのがフェントン。高等共感術の講義以来の親しいライバルだ。そしてフェラがブリーンと一緒

にやってきた。ブリーンは砂色の髪を少年のような髪型に整えた、二十歳くらいのきれいな女の子だ。

おしゃべりをして互いに自己紹介した。ジャレットは内気なモデグ人で、医局で見かけたことがあった。明るい青い目に蜂蜜色の髪の若い女性がイニッサだというのは思い出せたが、どこで会ったか思い出すのにしばらくかかった。シモンとはかない関係に終わった数えきれない女性たちの一人だ。最後にやってきたのがウレシュで、三十歳近くでエルテの位階を持っていた。その肌色と訛りで、はるばるラネットから来ているのがわかった。

正午の鐘が鳴ったが、エロディンはどこにも見当たらなかった。

五分が過ぎた。そして十分が過ぎた。正午を半時間すぎたところで、エロディンが綴じていない紙を腕一杯に抱えて大講義室に入ってきた。テーブルの上にそれを放り出して、目の前を行ったり来たり歩きまわりだした。

「始める前にいくつかはっきりさせておくべきことがある」エロディンは前置きも、遅刻についての謝罪もなしに言った。「第一に、きみたちはわたしが言うとおりにしなければならない。理由がわからなくても、全力を尽くして事にあたらねばならない。質問は結構だが、最終的には——わたしが言えば、きみたちはやる」彼は学生たちを見まわした。「いいかね？」

われわれはうなずいたり、肯定の返事をつぶやいたりした。

「第二に、わたしが言ったことを信じなければならない。わたしがきみたちに言うことの一部は、真実でないかもしれない。そうであっても、きみたちはわたしがやめと言うまでそれを信じなければならない」彼は一人ひとりを見つめた。「いいかね？」

わたしはぼんやりと、彼はどの講義もこうして始めているのだろうかと考えていた。エロディンはわたしの方から肯定的な反応がないのに気づいた。彼が苛立たしげにわたしをじろりと見た。「むずかしいのはまだこれからだぞ」

「最善を尽くしてみます」とわたしは言った。

「そのような答では、すぐにでも弁護士になれそうだな」エロディンは皮肉たっぷりに言った。「〝最善を尽くしてみる〟ではなく、とにかくやればいいだろう？」

わたしはうなずいた。それで気持ちが和らいだらしく、エロディンは学生たちに向きなおった。「覚えておかなければいけないことは二つ。一つめは、名前が自分を形づくり、また自分は自分の名前を形づくるということ」エロディンは歩きまわるのをやめて、われわれを眺めた。「二つめは、単純きわまる名前ですら実に複雑であり、きみたちの精神ではその境界を感じ取ることさえできないし、まして口にできるほど理解するなど不可能だということ」

長い沈黙があった。エロディンはわれわれをじっと見つめて待った。

ついにフェントンが餌に食いついた。「もしそうだとしたら、どうしたら命名術士になれるのですか？」

「いい質問だ。明らかな答は、なれないというものだ。単純きわまる名前にも、はるかに手が届かない」と片手をあげた。「覚えておくように。日々使うささやかな名前、〝木〟とか〝火〟とか〝石〟といった呼び名のことを言っているのではない。まったく別の話だ」

彼はポケットに手を入れて、川の石をひとつ取り出した。なめらかで黒い。「これの正確な形を言い表わしなさい。砂と堆積物からこれをつくりあげた重さと圧力を言いなさい。光がどう反射しているか言いなさい。この世界がいかにこのかたまりを引っぱるか、空中を移動するとき風がどのようにこれを受けとめるか言いなさい。これに含まれる微量の鉄が、いかにローデン石の呼びかけを感じるか言いなさい。こういったことをはじめとする数十万の事柄が、この石の名前をつくりあげる」エロディンは腕を伸ばせば届く距離に、石を差し出してみせた。「このひとつの素朴な石のね」

エロディンは手を下ろして、われわれを見た。「こんなに単純な物でもいかに複雑かおわかりだろうか？　たっぷり一カ月研究すれば、こいつの名前の外観の縁が垣間見えるくらいは知ることができるかもしれない。それすら確実ではない。

　これが命名術士の直面する問題だ。理解を超える物事を理解しなければならない。どうすればいい？」

　彼は答を待たずに、持ってきた紙をいくつか取り上げて、学生一人ひとりに数枚ずつ手渡した。「十五分したらこの石を放り投げる。ここに立って」と、エロディンは立ち位置を決めた。「このような向きで」と、肩を怒らせた。「下手投げで三本指の構えの力が後方から加わる。しかるべき時に適切な場所に手を出して受けとめられるように、この石がどのように空中を移動するか計算してほしい」

　エロディンが石を机の上に置いた。「始め」

　わたしは本気で取りかかった。三角形や弧を描いて計算して、よく覚えてはいなかった公式を推測した。ほどなく無理な課題に不満を感じはじめた。未知のことが多すぎたし、どうしても計算できないことが多すぎた。

　五分間それぞれに取り組ませたところで、エロディンが共同作業をすすめた。このとき初めて、ウレシュが数字に長けていることを知った。ウレシュはわたしよりはるかに計算に長けていて、彼がやっていることのほとんどは、わたしには理解不能だった。フェラも似たようなものだったが、彼女は詳細な放物線をいくつも描いていた。

七人で話し合い、議論して、挑戦し、失敗して、再挑戦した。与えられた十五分の終わりごろには、全員が苛立っていた。とりわけわたしは苛立っていた。解決できない問題が大嫌いだからだ。

エロディンが一同に目を向けた。「さてどんなことが言える？」

数人が半端な答や、もっとも妥当な推測を口にしかけたが、エロディンは手を振って黙らせた。「確実に言えることはなんだね？」

すこし間(ま)をおいて、フェラが発言した。「石がどのように落ちるかわかりません」

エロディンが満足げに拍手した。「よろしい！　それが正しい答だ。では見ていなさい」

エロディンは扉のところまで行って、頭を突き出した。「アンリ！」と彼が叫んだ。「そうだ、きみ。ちょっと来てくれ」エロディンは扉の前から下がって、ジェミソンの使い走りの八歳くらいの男の子を迎え入れた。

エロディンは六歩離れると、男の子に向きなおった。肩をぐっと引いて、尋常でない笑みを浮かべた。「受けとめろ！」と言うと、彼は男の子に向かって石を投げ上げた。

少年は驚いて、空中で石をつかみ取った。

エロディンは盛大に拍手をおくり、戸惑う少年をほめたたえてから石を回収して、扉から急いで退出させた。

師匠がわれわれに向きなおった。「さて」エロディンが尋ねた。「あの子はどうやった？　秘術校の優秀な学生七人が十五分かけて計算できなかったことを、どうして一秒で計算できた？　フェラよりも幾何学にくわしいか？　ウレシュよりも計算が速いか？ここに連れ戻してレラールにするべきだろうか？」

緊張がゆるんで、われわれはすこし笑った。

「肝心なのはこういうことだ。われわれはそれぞれ心を持っていて、目が覚めているときの活動にはそれが影響している。だがもうひとつ心がある。眠れる心だ。とても強大な力を持っていて、八歳児の眠れる心は、秘術校の学生七人が目覚めている心で十五分かけてもできなかったことを、一瞬で成し遂げる」

エロディンは手で大きく弧を描いてみせた。「眠れる心は広大で、あるがままで、物事の名前を抱ける。それをわたしが知っているのは、この知識がときどき表面に湧き出てくるからだ。イニッサは鉄の名前を口走ったことがある。彼女の目覚めている心は知らないことだが、眠れる心のほうが賢い。フェラの奥底にあるものは、石の名前を知っている」

エロディンがわたしを指さした。「クォートは風を呼んだ。はるか昔の人々が書き残したものを信じるなら、彼のたどっているのが伝統的な道だ。風の名前は、はるか昔こでさまざまな研究がされていたところに、命名術士志望者が探し求めて、手にした名前だ」

エロディンは腕を組み、まじめな顔でわれわれを見て、すこし黙りこんだ。「きみたちにはそれぞれなんの名前を見つけたいか考えてもらいたい。小さな名前がいい。何か単純なもの——鉄か火、風か水、木か石。何か親しみを感じるものがいいだろう」

エロディンは壁にかけられた巨大な石板に大またに歩み寄って、本の題名を書き出しはじめた。意外にもきれいな字だった。「これらは重要な本だ。どれか一冊読みなさい」

わずかに間があって、ブリーンが手を上げた。そしてエロディンがまだ背を向けているので、無駄だと気づいたようだった。それでもおずおずと尋ねた。「エロディン師匠？　どれを読めばいいのですか？」

エロディンは書く手を止めずに、肩越しに振り返った。「どれでもいい」明らかに苛立った様子で言った。「一冊選びなさい。それ以外は気まぐれにざっと読めばいい。挿絵を見ればいい。なんなら匂いを嗅いでもいい」エロディンはまた背を向けて石板に向かった。

われわれ七人は顔を見合わせた。部屋に響くのは、エロディンがチョークでコツコツと書き続ける音だけだった。「どれがいちばん重要ですか?」とわたしは尋ねてみた。

エロディンはうんざりした様子でうなって「知らん」と言った。「わたしはどれも読んでいない」エロディンは『エン・テメラント・ヴォイストラ』と石板に書くと、丸で囲んだ。「そもそもこれが文書館にあるかどうかも知らん」書名の横に疑問符をつけて、また書きはじめた。「言えることはある。どれも書物庫にはない。確認ずみだ。資料庫で探し出すしかない。その手で勝ち取らないといかん」

エロディンは最後の一冊の題名を書き終えて一歩下がると、ひとりうなずいた。全部で二十冊あった。そのうち三冊の横に星形を描き、別の二冊に下線を引いて、最後の一冊の横には悲しげな顔を描いた。

そしてひとこともなしに、大またで部屋を出ていった。残されたわれわれは名前の性質に思いをめぐらせながら、とんでもないものに足を突っこんでしまったと考えていた。

第十三章　本探し

エロディンの講義ですぐれた成果をあげようと決意して、ウィレムを見つけ出して交渉した結果、酒をおごるかわりに文書館を案内してもらうことで話がついた。

風が吹きつける中、丸石の敷かれた大学構内の通りをウィレムと一緒に歩いていくと、巨大な窓のない文書館が中庭の向こうに姿を現わした。巨大な石の扉の上方には「ヴォルフェラン・リナータ・モリエ」と彫りこまれている。

近づくにつれて両手が汗ばんできた。「いやいや、ちょっと待った」足を止めてわたしは言った。

ウィレムがこちらを向いて片方の眉を上げた。

「なりたての娼婦くらい緊張してるんだ。すこし時間をくれ」

「ローレンが出入り禁止を解いたのは二日前だと言ってたじゃないか。許可がおりたらきみはすぐに中に入るだろうと思っていたのに」とウィレム。

「台帳が更新されるのを待っていたんだ」わたしは湿った手のひらをシャツで拭った。「何かが起きるのはわかってる」不安そうに言った。「名前が台帳にないとか。あるいはアンブローズが受付にいて、ぼくがあのプラムボブの症状のぶり返しに見舞われて、喚きながらやつの喉元に膝で乗り上げるとか」

「それは拝見したいな。でもアンブローズは、今日は働いてない」とウィレム。

「それはよかった」と答えて、すこし気が楽になった。扉の上方の文字を指さした。

「どういう意味か、知ってる？」

ウィレムが目を上げた。「〝知識への欲求が人を形づくる〟とかいうようなこと」

「いいね」わたしは深呼吸した。「よし。行こう」

巨大な石の扉を引き開けて小さな控えの間に入ったところで、ウィレムが内側の扉を引き開けて、玄関ホールに足を踏み入れた。中央には大きな木の机があって、その上に大きな革表紙の台帳が開いたままになっていた。堂々とした扉がいくつかあって、それぞれ別の方向に続いていた。

机の向こうにいたのはフェラで、巻き毛を後ろでひとつにくくっていた。共感ランプの赤い光でいつもとちがって見えたが、かわいらしさは相変わらずだった。フェラが微笑した。

「こんにちは、フェラ。ローレンの蔵書のもとに帰ってこられるようになったらしいんだ。調べていただけますか?」緊張が声に出ないように気をつけた。

フェラがうなずいて、前に置かれた台帳をめくりだした。顔を輝かせて、台帳を指で示す。そして表情が曇った。

みぞおちのあたりにいやな感じがした。「どうかした?」と尋ねた。「何か問題でも?」

「いいえ」とフェラ。「なんでもないの」

「ただならぬ様子に見える」ウィレムがうなった。「なんて書いてある?」

フェラはためらったのち、台帳をこちらに向けて読めるようにしてくれた――〝クォート、アーリデンの息子。赤い髪。色白。若年〟。その傍らの余白に、別の筆跡で書きこみがあった――〝ルーのできそこない〟。

わたしはフェラににっこりしてみせた。「すべて正しいな。入っていい?」

フェラがうなずいた。「ランプは必要?」と訊いて、引き出しを開ける。

「ぼくは自前のがある」わたしは外套のポケットから小さなランプを取り出した。

フェラが入館台帳を開いて、われわれに署名させた。書く手が震えて、恥ずかしくなるほどペン先が滑ったので、ページ全体にインクが飛んだ。

フェラがインクを拭って台帳を閉じた。そしてわたしに微笑みかけた。「おかえりなさい」


ウィレムの先導で資料庫の中を歩き、できるかぎりそれらしく驚いてみせた。

むずかしい演技ではなかった。かなり前から文書館に出入りできたとはいっても、盗人のようにこそこそ動きまわるしかなかった。ランプをもっとも暗い状態にしたうえで、だれかとうっかり鉢合わせすることをおそれて、主要通路は避けていたのだ。

石の壁を余すところなく棚が占領していた。一部の通路は幅広く、天井が高くてひらけている一方で、二人の人間がすれ違うには横向きにならないといけない細い通路もあった。革と塵の匂い、そして古い羊皮紙と製本用の糊の匂いで、空気が重かった。秘密の香りがした。

ウィレムの案内で曲がりくねった棚のあいだを通り、いくつか階段を上がって、似たような赤い革表紙の本がずらりと並ぶ長く広い通路を通った。ようやくたどりついた扉の縁からは、薄暗く赤い光が漏れていた。

「内輪で勉強するための部屋だ」ウィレムがそっと言った。「読書穴。シムとぼくはこの部屋をよく使っている。あまり知られてないんだ」ウィレムが扉を短くノックして開けると、そこにはテーブルと椅子がやっと入る広さの、窓のない部屋があった。

シモンがテーブルに向かっていて、共感ランプの赤い光で、いつもより顔に赤みがさしていた。シモンはわたしをみて目を丸くした。「クォート？　ここで何してるの？」彼は震えあがって、ウィレムに顔を向けた。「クォートがどうしてここに？」

「ローレンに出入り禁止を解かれた。この男の子が読書リストをお持ちだ。初めての本探しをしようってわけ」とウィレム。

シモンは顔を輝かせた。「おめでとう！　手伝おうか？　居眠りしかかってたんだ」と片手を差し出した。

わたしは自分のこめかみを指でたたいてみせた。「二十冊の題名も覚えられないようでは秘術校にいられない」だが、それは真実の半分にすぎなかった。本当のところ、紙は貴重で六枚しか持っていなかった。こんなことで一枚無駄にするわけにはいかなかった。

シモンは折りたたんだ紙と使い古しの鉛筆をポケットから取り出した。「ぼくは書き留めないと」とシモン。「みんながみんな、気晴らしにバラードを暗記したがるわけじゃない」

わたしは肩をすくめて書き出しはじめた。「リストを三人で分けたら早く終わりそうだね」

ウィレムがわたしを見た。「ただ歩きまわって、ひとりで本を見つけられると思ってるのか？」ウィレムに視線を向けられたシモンは、にっこり笑っていた。

そうだった。わたしは資料庫の配置を知らないはずなのだった。ウィレムとシモンは、この一カ月ほど、わたしが夜間に忍びこんでいたことを知らなかった。

二人を信用していないわけではなかったが、シモンは保身のためでも嘘がつけなかったし、ウィレムは司書として働いていた。わたしの秘密か、ローレン師匠への職務か、選択を迫るようなことはしたくなかったのだ。

そこでとぼけることにした。「なんとかやってみるよ。それほど苦労せずに見つかるだろう」とさりげない口調で言った。

ウィレムがゆっくり言った。「文書館にはとても多くの本がある。すべての題名を読むだけで、まる一旬間かかる」言葉を切って、彼はわたしをじっと見た。「食事や睡眠のために手を休めないとして、まる十一日」

「本当に？　そんなにかかる？」とシモン。

ウィレムがうなずいた。「一年前にはじき出した。ぼくに本を探させて待っているエリールたちに教えると、文句を言わなくなる」そしてわたしを見た。「題名のない本もある。巻物もある。粘土も。そして言語もたくさん」

「粘土って?」とわたしは訊いた。

ウィレムが説明してくれた。「粘土板だ。カラプティーナが焼け落ちたときに残った唯一のものに数えられる。一部は転写されたけれど、まだ全部ではない」

「そういうことじゃなくて」シモンが口を挟んだ。「問題は本の配置だよ」

「分類方式ね。長年のあいだにいろいろな体系が使われてきたんだ。この師匠はこっちの方式が好きで、あの師匠はあっちの方式」ウィレムは顔をしかめた。「本を整理する独自の方法を開発する師匠もいてね」

わたしは笑った。「さらし台にかけられるべきだと言いたそうだな」

「かもね。そうなってもぼくは嘆き悲しんだりしない」とウィレムはぶつぶつ言った。

シモンがウィレムを見た。「できるだけ最善のやりかたで整理しようとしている師匠を責められないよ」

「責められるね。文書館の整理方法が悪いだけなら、作業するぼくらの不快感も一様でしかない。でもこの五十年間、いくつもの整理方法がとられてきた。本にはまちがったラベルが貼られた。書名は誤訳された」

そう言うウィレムは両手を髪に走らせて、ふいにうんざりした声になった。「そして分類しなければならない新しい本がつねに入ってくる。書物庫にはいつも怠け者のエリールがいて、ぼくたちに本を取ってこさせたがる。川底で穴を掘ろうとしているようなものだよ」

わたしはゆっくりと言った。「つまりきみが言っているのは、司書として過ごす時間は愉快でやりがいがあるということだな」

シモンが両手で笑いを抑えた。

ウィレムがわたしを見て、危険な低い声で言った。「おまけに、おまえらみたいな連中だ。資料庫に入る自由を手に入れた学生たち。入ってきて、本をなかばまで読んで、あとで都合のいいときに続きを読もうと隠してしまう」ウィレムは両手を握りしめて、まるでだれかのシャツの前身頃をつかむような仕草をした。喉元かもしれない。「そして本をどこに置いたか忘れてしまうと、燃やしたも同然で、消えてしまう」

ウィレムはわたしに指を突きつけた。「きみがそんなことをしているのを見つけたら、ぼくからきみを守れる神がいると思うなよ」と彼は怒りを押し殺した。

わたしは試験勉強中にまさにそのとおりのやりかたで隠した三冊の本のことを思った。

「約束するよ」と言う。「絶対にやらない」二度と。

シモンが両手をすばやくこすり合わせながら、テーブルから立ち上がった。「よし。簡単に言うと、ここはごちゃごちゃしているけれど、トレムの図書目録に従えば、探しているものが見つかるはずだ。今はトレム方式が使われている。ウィルとぼくが索引録の保管場所を案内するよ」

「二、三、付け加えておくと、トレムは包括的とはいえない。探している本の中には、見つけるのに苦労するものがあるかもしれない」ウィレムは背を向けると扉を開けた。

結局、トレムの索引録にあったのは、リストの中の四冊のみだった。そこで、資料庫の整理が行き届いた区域をあとにするはめになった。ウィレムはこのリストを自分に対する挑戦ととらえていたようで、おかげでこの日わたしは文書館について多くを学んだ。ウィレムの案内で死の台帳、後ろ向き階段、底翼へ行った。

それでも四時間かけて突きとめられたのは、七冊の在処(ありか)のみだった。ウィレムは不満そうだったが、ひとりで本探しを続けるのに必要なことすべてを教えてくれたと言って、わたしは心から感謝した。

それから数日間、自由な時間をほぼすべて文書館で過ごして、エロディンが列挙した本を探した。何よりもできるだけ良い印象を与えてこの講義にのぞみたいと思っていたわたしは、エロディンが挙げた本をすべて読もうと決意していた。

最初に読んだ旅行記は、意外にも楽しめた。次の本は、どちらかといえばへたな詩集だったが、短かったので歯を食いしばって無理に読み進め、ときどき片目を閉じて、脳全体がそこなわれないようにはからった。三冊目はもったいぶった書きぶりの修辞哲学の本だった。

その次が、アトゥール北部の野の花についてくわしく述べた本。かなりわかりにくい図を盛りこんだフェンシングの手引。そして詩集がもう一冊。こちらはれんがのように厚みがあって、先に読んだ詩集よりもひとりよがりだった。

何時間もかかったがすべて読み通した。貴重な紙を二枚つかってメモまでとった。

その次の本をできるだけうまく言い表わすとしたら、気がふれた男の日記だった。おもしろそうに受け取られるかもしれないが、表紙と裏表紙のあいだに挟まれていたのは頭痛のみだった。男は単語と単語のあいだに隙間を空けずにぎっしりと詰めた書体で書いていた。段落の切れ目なし。句読点なし。一貫した文法や綴りもなし。

このときから、本にはざっと目を通すことにした。翌日はモデグ語で書かれた本二冊に取り組んだ。輪作についてのひと続きの随筆と、ヴィンタスのモザイクについての研究論文だ。ここでメモをとるのをやめた。

最後の数冊をただぱらぱらとめくりながら、なぜエロディンは小王国群のとある男爵領の二百年前の租税台帳、時代遅れの医術の教科書、翻訳のまずい道徳劇を読ませようとしたのだろうかと不思議に思った。

エロディンの本を読むことへの強い興味を急速に失いながらも、本探しは喜んでやっていた。かなりの司書を絶えまない質問で苛立たせた。本を棚に戻す責任者は？　ヴィンタスの格言の在処（ありか）は？　地下四階の巻物保管庫の鍵を持っているのは？　傷んだ本は修復されるまでどこに置かれる？

結局十九冊を見つけた。『エン・テメラント・ヴォイストラ』を除くすべての本だ。それを見つけようと手は尽くしたのに。妥当な推測として、本探しと読書でおよそ五十時間をこの取り組みに費やしたはずだ。

エロディンのつぎの講義には、司祭のように誇り高く、十分早く到着した。ひたむきさと徹底ぶりでエロディンを感心させたくて、入念なメモ二ページを携えていった。

七人全員が正午の鐘が鳴る前に現われた。大講義室の扉は閉じられていたので、通路に立ってエロディンの到着を待った。

七人で文書館での本探しについて話し合い、なぜエロディンがこれらの本を重要と見なしたか、推測をめぐらせた。フェラは何年も司書を務めていながら、見つけられたのは十七冊のみだった。『エン・テメラント・ヴォイストラ』はだれも見つけていなかったし、この本のことを口に出す者もいなかった。

正午の鐘が鳴ってもエロディンは現われなかった。十五分が過ぎて、通路に立っているのに飽き飽きしたわたしは大講義室の扉を開けようとした。最初のうちは把手(とって)がまったく動かなかったが、苛立って軽く揺らすと、閂(かんぬき)がはずれて扉が少しだけ開いた。

「施錠されていると思っていたわ」イニッサが眉をひそめた。

「つかえてただけだ」と言って、わたしは扉を押し開けた。

がらんとした巨大な部屋に入って、最前列に向かって階段を下りていった。目の前の巨大な石板には、エロディンの妙にきれいな文字で、ひとこと書かれていた――〈議論〉。

席について待ったが、エロディンはどこにも見当たらなかった。具体的に何をするべきか見当がつかず、われわれは石板を見て、互いを見つめた。

みなの顔つきからみて、苛立っていたのはわたしだけではなかった。彼のいまいまし い役立たずな本を探し上げるのに、五十時間かかったのだ。わたしは務めを果たした。

どうして彼が務めを果たさない？

七人でだらだらと話しながら、エロディンの到着を二時間待った。

来なかった。

第十四章　隠された都市

エロディンの本探しで時間を無駄にして、大いに苛立たしい思いもしたが、その経験のおかげで文書館についてしっかりした実用的知識を得られた。そこでわかったもっとも重要なことは、文書館が本で満たされた、ただの倉庫ではないということだった。文書館は独自の都市のようなものだった。道があり、曲がりくねった小道もあった。通りもあるし、近道もあった。

　まさに都市のように、文書館の一部は活動に満ちていた。写字室には机の列が並び、司書たちが翻訳に骨折っていたり、かすれた文書をまっさらな黒いインクで新しく書き写したりしていた。分類場は本を選り分けて棚に戻す司書たちであふれていた。

　集間（じゅうかん）は予想していたものとはまったく違った。ありがたいことだ。意外にもそこは、新しい本を蔵書に加える前に消毒する場所だった。どうやらありとあらゆる生物が本を愛しているようで、羊皮紙と革を貪り食うものもいれば、紙や糊を好むものもいる。紙（し）

魚（み）は序の口で、ウィレムからいくつか話を聞いただけで、手を洗いたくてたまらなくなった。

目録制作所、製本所、巻物所（ボルト）、羊皮紙所（パリンプセスト）、すべてが大忙しで、寡黙で勤勉な司書たちでいっぱいだった。

だが文書館のほかの部分は忙しさの対極にあった。たとえば新規収蔵物事務所は狭く、いつも暗かった。窓越しに見ると、一方の壁全体を占めているのは巨大な地図で、都市や道路が詳細に描きこまれており、こんがらかった織機のように見えた。地図は錬金術による透明な塗料で覆われていて、随所に赤の油性鉛筆で書きこみがあり、価値ある本についての噂や、さまざまな購買担当班が最近確認された場所などが詳細に記されていた。

書物庫は大きな公共の庭園のようなものだった。どの学生も書物庫を訪れて、棚に並ぶ本を読める。また、リクエストを司書に提出することもできた。司書がしぶしぶ資料庫へ求められた本を探しにいって、望みの本がなかった場合は少なくとも関連の深い本を持ってくるのだ。

でも文書館の大部分を占めているのは資料庫だ。本が実際に住んでいるのは資料庫だ。そしてどんな都市にも共通のこととして、良い地域もあれば悪い地域もある。

良い地域では、すべてが適切に整理されて、目録にまとめられている。こういった場所では、台帳の項目が、まるで指さすように簡単に本に導いてくれる。

そして悪い地域もある。文書館の中の忘れられた区域、放置されている区域、あるいは目下のところ取り組むのが単に面倒な区域だ。こういったところでは、本が古い目録のもとに整理されていたり、まったく目録がなかったりする。

壁の棚が歯抜けのようになっているところもあった。ずっと昔に司書たちが古い目録を解体して本を抜き、当時流行していた整理法を使ったのだ。三十年前には、良い地域まるまる二階分が悪い地域になってしまったこともあった。ラーキンの索引録に記録された本が、敵対派閥の司書たちに焼かれたときの話だ。

そして言うまでもなく、あの四枚扉もあった。都市の中心に眠る秘密だ。

良い地域をぶらつくのはいいものだった。本を探しにいって、あるべき場所にそれがあるのは気持ちがいい。簡単だし、心なごむし、手っ取り早い。

でも悪い地域は魅力にあふれていた。そういったところの本は埃だらけで、手に取られていなかった。本を開くと、数百年間だれの目にも触れていない言葉を読むことになる場合もあった。屑の中に宝が埋もれていた。

そういった場所でわたしはチャンドリアンを探した。

何時間も、何日も探した。大学へ来た理由の大半は、チャンドリアンについての真実を知りたかったからだ。ようやく文書館に出入りしやすくなったので、失われた時間の埋め合わせをした。

でも長時間かけて探しても、ほぼ何も見つからなかった。子ども向けのおとぎ話でチャンドリアンが登場する本は二、三冊あって、パイを盗んだり、牛乳を傷ませたりといった小さないたずらをしていた。それ以外の作品では、チャンドリアンはアトゥールの道徳劇における悪霊のように安売りされていた。

これらの物語には、かすかな事実の糸がわずかにちりばめられていたが、知らなかったことはなかった。チャンドリアンは呪われた存在であること。現われる兆候があること――青い炎、腐敗と錆、冷気。

だれにも手を貸してほしいと頼めないため、本探しはいっそう困難だった。子ども向けの本を読んで過ごしていると噂が広まったら、評判は回復しない。

もっと重要なのは、チャンドリアンについて知っている数少ない事実のひとつとして、彼らは自分たちの存在に関するどんな知識も徹底的に抑えこもうとするということだ。チャンドリアンが一座を殺したのは、父が彼らについての歌を書いていたからだ。トレボンで婚礼の宴を破壊したのは、招待客の一部が古い壺に描かれた彼らを目にしていたからだ。

これらの事実を考え合わせると、チャンドリアンについて話すのは、とても賢い行動とは思えなかった。

そこで独自に調べていた。何日も過ぎて、チャンドリアンについての本のような有用な代物や、充実した研究論文のようなものすら見つかる望みは捨てた。それでも読み続けた。どこかに隠された事実のかけらが見つかることを願って。事実ひとつ。ヒント。なんでも。

でも子ども向けのおとぎ話は細部が書かれていないし、見つかったなけなしの詳細はどう見ても非現実的だった。チャンドリアンはどこに住んでいる？　雲の中。夢の中。キャンディでできた城の中。現われる兆候は？　雷。月がかげる。虹、と書かれた物語もあった。そんなことを書くやつがいるとは。なぜ子どもに虹をおそれさせるのだろう。

名前は比較的簡単にわかったが、どれも明らかにほかの作品からの盗用だった。ほとんどすべてが『道の書』か、おもに《デオニカ》などの演劇に登場する悪霊の名前だったのだ。うんざりするほど寓話的なある物語では、アトゥール帝国時代の有名な七人の皇帝にちなんだ名前がチャンドリアンに与えられていた。少なくとも、これには少し苦笑いさせてもらった。

やがて死の台帳の奥深くで『秘密の書』という薄い書物を見つけた。奇妙な本だった——動物寓話集のような体裁をとっているが、子ども向けの読本のような書き方だった。人食い鬼、トロウ、デナリングといった妖精物語に登場する生物の絵が盛りこまれていた。どの項目も挿絵つきで、短く味気ない詩が添えられていた。

当然ながら、唯一挿絵のない項目がチャンドリアンだった。かわりに渦巻きをかたどった装飾に縁取られた空白のページがあった。添えられた詩はまったく役に立たなかった——

チャンドリアンは転々と
だが決して跡はのこさない
己(おの)が秘密は厳しく守るが
決して引っかかず嚙みつかず
決して争わず悶着せず
むしろわれらに良くしてくれる
またたくまに訪れて去る
空から降るまぶしい稲光の如く

このようなものを読むのは非常に苛立たしかったが、実に明白になったことがある。この世のほかの人たちにとって、チャンドリアンは子どもじみた妖精物語にすぎないということだ。屍人やユニコーンと同じく、非現実的な存在だった。

言うまでもなく、これはわたしの知るところとは違っていた。わたしは自分の目でチャンドリアンを見ていた。黒い目のシンダーと話していた。ハリアックスが外套のようにつねに影をまとっているのも見ていた。

そこでわたしは実りない調査を続けた。この世のほかの人たちが何を信じていようが無関係だった。わたしは真実を知っていたし、決して簡単にあきらめる性格ではなかった。


新学期のリズムには慣れた。かつてのように講義に出席して、アンカー亭で音楽を奏でた。でもほとんどの時間を過ごしたのは文書館だった。とても長いあいだこの場所を強く求めてきたので、いつでも正面から入っていけることが、むしろ異常なくらいに感じられた。

チャンドリアンについての事実は相変わらず見つからなくても、文書館での体験に幻滅することはなかった。探しながら、見つかったほかの本にますます気を取られるようになっていった。さまざまな植物の水彩画が添えられた手書きの薬草本。聞いたこともない四つの遊びを説明した小さな四つ折り版の本。実に夢中にさせられる『疲れきったヘヴレッド』の伝記。

午後は読書穴でずっと過ごして、食事を抜いて、友だち付き合いをおろそかにした。司書が夜のあいだ施錠する前に文書館を出る最後の学生になったのも、一回だけではなかった。許されるものなら文書館で寝起きしただろう。

予定が立てこみすぎて、腰を落ち着けて長いあいだ読書できないときは、講義のあいだに五分ばかり資料庫をただ散歩した。

新たに手にした自由にのぼせあがって、川向こうのイムリには何日も行っていなかった。久しぶりに灰男亭を再訪したとき、わたしは羊皮紙の切れ端でこしらえた名刺を持っていった。デナがおもしろがると思ったのだ。

でも訪ねてみると、灰男亭の応接間にいたあの尊大なポーターが、わたしの名刺は届けられませんと言った。いいえ、あの若いご婦人はもはや逗留しておられません。いいえ、名刺はお預かりできません。いいえ、どちらへ行かれたか存じません、と。

第十五章　興味深い事実

エロディンはおよそ一時間遅れで大またに大講義室に入ってきた。服は草の汁のしみだらけで、髪には枯れ葉が絡まっていた。顔にはにんまりと笑みを浮かべていた。

この日、彼を待っていた学生は六人のみだった。ジャレットは最近の二回の講義に姿を見せていなかった。来なくなる前に残した手厳しい批評を考えると、もう戻らないのではないかと思われた。

「さて！」エロディンが前置きなしに叫んだ。「話してくれ！」

われわれの時間を無駄にする方法の中で、これがもっとも新しいやりかただった。毎回講義の始めに、かつて聞いたことのない興味深い事実を要求するのだ。当然ながら、何が興味深いか決めるのはエロディンひとりで、最初に提供された事実が基準を満たしていなかったり、すでに知っていることだったりすると、エロディンはもうひとつ、さらにもうひとつと興味深い事実を要求して、やがて何かおもしろいことが見つかるまでそれが続く。

エロディンがブリーンを指さした。「始め！」

「クモは水中で呼吸できる」彼女が即座に言った。

エロディンがうなずく。「よろしい」彼はつぎにフェントンを見た。

「ヴィンタスの南には逆流する川がある。海水の流れる川で、センテ海から内陸に向かって流れる」

エロディンが首を振った。「それは知っている」

フェントンが紙切れに視線を落とした。「ヴェントラン帝のもとで通った法案には——」

「つまらん」エロディンが口を挟んで遮った。

「海水を二リットル以上飲むと、吐く？」フェントンが尋ねてみた。

エロディンは歯に挟まった肉のすじを取ろうとするように、考えこむ様子で口を動かした。そして満足げなうなずきを返した。「それは上出来だ」つぎにウレシュを指さした。

「無限大を無限に割り続けても、答は無限大になる」ウレシュは妙なレナット訛りで言った。「でも無限大でない数を無限に割っていくと、答は有限の小ささになる。有限の小ささではあっても、答が無数にあるので、もとどおり足していくと合計は無限大になる。このことから、どんな数も実は無限大であることが示唆される」

「ほほう」かなり間をおいて、エロディンが声を上げた。彼はレナット出身の青年を、まじめに指さした。「ウレシュ。きみのつぎの課題はセックスだ。やりかたがわからない場合は、講義のあとにわたしのところへ来るように」エロディンはイニッサの方へ顔を向けた。

「イルでは一度も書き言葉が発明されていない」と、イニッサ。

「それはまちがいだ」エロディンが言った。「イルでは編み目を系統立てて使っていた」と、彼は両手で何かを編みこむような複雑な身ぶりをした。「それもわれわれが羊の皮を引っかいて象形文字を刻みだすよりずっと昔に」

「記録用の言葉がないとは言っていません」イニッサがつぶやいた。「書き言葉がないと言いました」

エロディンはただ肩をすくめて、大いに退屈だと伝えてみせた。

イニッサが眉をひそめた。「わかりました。セリアには、退化したペニスから子を産む品種の犬がいる」

「ほほう。よろしい。うん」エロディンはフェラを指さした。

「八十年前、医局で白内障を取り除く方法が開発された」と、フェラ。

「それは知っている」エロディンがそっけなく手を振った。

「最後まで言わせてください。その方法が開発されて、一度も物を見たことがなかった人たちが視力を取り戻せるようになった。目が見えなくなったのではなく、生まれつき見えなかった人たちです」

エロディンが興味深そうに首をかしげた。

フェラが続けた。「見えるようになった彼らは、いくつかの物体を見せられた。球、立方体、角錐をすべてテーブルの上に並べて」フェラは話しながら両手で形をつくってみせた。「そして医術士たちが尋ねた。三つの物体のうち、丸いのはどれか」

フェラは思わせぶりに間をおいて、全員を眺めた。「彼らは見ただけでは答えられなかった。まず触る必要があった。球に触ってはじめて、それが丸いとわかったという」

エロディンは頭をそらせてうれしそうに笑った。「本当に？」とフェラに訊いた。

フェラがうなずいた。

「賞品はフェラのものだ！」エロディンが両手をあげて叫んだ。ポケットを探って茶色い楕円形の何かを取り出すと、フェラの両手に押しつけた。

フェラが不思議そうにそれを見つめた。トウワタの実だった。

「クォートがまだです」ブリーンが言った。

エロディンがぶっきらぼうに言った。「かまわん。興味深い事実にかけては、クォートはごみだ」

わたしはできるかぎり派手にしかめ面をした。

「いいだろう。話してみなさい」

「アデムの傭兵はレサニという秘術を身につけている。それがあのように凶暴な戦士となる鍵である」

エロディンが首をかしげた。「本当か？　どんな術だ？」

エロディンが苛立つことを願って、わたしはなかば皮肉に言った。「知りません。申し上げたように、それは秘密ですから」

エロディンはすこし考えこむ様子になってから、首を振った。「いいや。興味深いが、事実ではない。セアルドの金貸したちは金融という秘術を知っていて、それが彼らをおそろしい金貸したらしめている、と言うようなものだ。実態がない」エロディンは期待をこめて、またわたしを見た。

何か思いつこうとしたが、思いつかなかった。頭の中は妖精物語と、行き詰まったチャンドリアンの調査でいっぱいだった。

エロディンがブリーンに言った。「ほらな？　ごみだ」

「どうしてこんなことで時間を無駄にしているのか、さっぱりわからない」わたしはきつく言い返した。

「もっとましなことがあるかね？」エロディンが尋ねた。

わたしは怒りにまかせてどなった。「ええ！　もっと大事なことが千はありますよ！　風の名前について学ぶとかね！」

エロディンは賢人ぶって指を一本立ててみせたが、髪に絡まった枯れ葉のせいで台なしだった。「小さな事実が大きな知識につながる。小さな名前が大きな名前につながるように」と、彼は歌うように言った。

エロディンは両手をぱちんと叩いて、しきりにこすり合わせた。「よし！　フェラ！　賞品を開けてくれ。クォートが強く欲している教えを与えよう」

フェラが乾いたトウワタの実の鞘を割った。白いふわふわした、種を含んだ綿毛が彼女の両手にこぼれた。

命名術の師は、それを空中に投げ上げるようにフェラに身ぶりで示した。フェラが綿毛を投げ上げると、われわれが見守る中で、白いふわふわしたかたまりが大講義室の高い天井に浮かび上がり、重たげに地面に落ちてきた。

「ちくしょうめ」エロディンが言った。彼が種のかたまりに大またに歩み寄って拾い上げ、激しく振りまわすと、あたりはふわふわと宙に浮くトウワタの綿毛でいっぱいになった。

それからエロディンは、空中の綿毛をつかもうと、躍起になって綿毛を追いまわしはじめた。椅子によじ登り、大講義室の演壇を走って横切り、いちばん前に置かれているテーブルに飛び乗った。

この間ずっとエロディンは種子をつかもうとしていた。最初は片手でボールを取るようにつかんでいた。だがうまくいかなかったので、蝿を叩くように両手を打ち合わせはじめた。それもうまくいかないと、子どもが空中を飛ぶ蛍を両手で包みこんでとらえるように、両手でつかもうとした。

それでも綿毛はつかめなかった。追えば追うほどエロディンは必死になり、いっそう速く走りまわり、さらに荒々しくつかんだ。これがまる一分続いた。二分。五分。十分。

講義時間のあいだずっと続いた可能性もあるが、最後にはエロディンが椅子につまずいて石の床にひどくひっくり返り、ズボンの脚の部分を破いて、膝を血だらけにした。

エロディンは片脚をつかんで床にすわりこみ、怒りをこめてひとしきり悪態をついたが、それはわたしが生まれてこのかた聞いたこともない内容だった。エロディンは大声をあげ、どなり、唾を吐いた。少なくとも八つの言語を口走り、わたしにはわからない言葉ながら、その音に内臓を締めつけられて、腕の毛が逆立った。彼の言ったことにわたしは汗をかいた。彼の言ったことで具合が悪くなった。わたしには口に出せるとも思えないことを彼は言った。

これが続くのかと思っていたら、エロディンは怒りもあらわに息を吸ったさいに、ふわふわ漂っていたトウワタの種子を吸いこみ、息を詰まらせて激しく咳きこみはじめた。やがて彼は種を吐き出し、息を整えて立ち上がると、ひとことも言わずに足をひきずって大講義室から出ていった。

エロディン師匠の講義としては、これはとりたてて変わった日ではなかった。

エロディンの講義のあと、アンカー亭で軽く昼食をとってから、医局での当番に出かけていって、わたしより経験豊かなエルテが患者を診断、治療するのを見学した。それからデナが見つからないかと、川向こうへ向かった。三日間で三回目だったが、この日はさわやかで太陽がさんさんと降りそそいでおり、文書館でずっと過ごしていたわたしは、少し散歩に出かける必要を感じたのだ。

最初にエオリアンに立ち寄ったが、デナが現われるにはまだ早い時間だった。スタンチオン、デオクと世間話をしてから、デナがしばしば出入りしているほかの宿をいくつか訪ねた――タップス亭、桶板亭、壁の犬亭。デナはどこにもいなかった。

公共庭園をいくつかぶらついた。木立にはもう葉がほとんど残っていなかった。それから見つかるかぎりの楽器店をすべてまわり、リュートを眺めては、かわいらしい黒髪の女性がハープを見ていなかったか尋ねた。彼女を見かけたという店はなかった。

あたりはすっかり暗くなっていた。そこでもう一度エオリアンに立ち寄って、ゆっくりと人混みの中を歩いた。デナはどこにも見当たらなかったが、スレペ伯爵には出会った。一緒に一杯飲んで、二、三曲聴いてから退出した。

大学に戻る方向に歩きだして、外套をいっそうしっかりと肩にまとった。イムリの通りは昼間より人が多くて、肌寒さにもかかわらず、町にはお祭りのような雰囲気があった。宿屋や劇場の入口から、さまざまな音楽が流れ出していた。レストランや展覧会場には大勢の人が出入りしていた。

そのとき人々の低いざわめきの向こうから、高く華やかな笑い声が聞こえた。どこにいてもそれとわかった。デナの笑い声だ。自分の手の甲くらいよく知っていた。

顔に笑みが広がるのを感じながら振り向いた。いつもそうだった。わたしは希望を捨てたときのみ彼女を見つけられるようだった。

うろうろしながら押し合う人々の顔に目を走らせると、彼女はすぐに見つかった。デナは小さなカフェの入口の脇に、濃い青色のビロードの丈の長いドレス姿で立っていた。彼女の方へ一歩踏み出して、足を止めた。デナは馬車の開いた扉の後ろに立っている人物に話しかけていた。彼女の連れの頭の先だけが見えた。男は高さのある白い羽根飾りのついた帽子をかぶっていた。

少ししてアンブローズが馬車の扉を閉めた。デナににっこりと魅力的な笑顔を見せて、何か言って彼女を笑わせた。ランプの光が彼の上着の金襴を輝かせていた。手袋はブーツと同じく、濃い青みがかった紫色に染められていた。彼が身につけるとけばけばしく見えるはずの色だったが、そうは見えなかった。

立ち尽くして見つめていると、二頭立ての荷馬車にもう少しでなぎ倒されてぺしゃんこに踏みつぶされそうになった。道の真ん中に立っていたのだから当然だ。御者は悪態をついて、馬の鞭を振りかざして通り過ぎていった。鞭がうなじに当たったが、感じもしなかった。

平衡感覚を取り戻して視線を上げると、ちょうどアンブローズがデナの手にキスをしていた。そして優雅な動作で彼女に腕を差し出し、一緒にカフェに入っていった。

第十六章　口に出さない怖れ

イムリでアンブローズとデナを見かけてから、暗い気持ちになった。大学へ歩いて帰る途中、頭の中は二人のことでいっぱいだった。アンブローズは単なる腹いせでやっているのか？　どうしてこうなった？　デナは何を考えているのだろうか？

ほとんど眠れずに夜を明かして、もう考えないようにした。かわりに文書館に深く潜りこんだ。本は、女性の友人の代用としてはお粗末だったが、見つけやすかった。文書館の暗い片隅でチャンドリアンについて探すことに、わたしは安らぎを見いだした。目が熱を持ち、頭が重たくなって痛むまで読み続けた。

およそ一旬間たった。わたしは講義に出席して、文書館を漁っているだけに等しかった。その苦痛の代償として得られたものといえば、肺いっぱいに吸いこんだ埃、共感ランプの光を頼りに長時間続ける読書による慢性的な頭痛、低いテーブルにかがみこんで文字の薄れたギリアン索引録の残骸をぱらぱらとめくることによる肩甲骨のあいだの凝りだった。

チャンドリアンについての記述もひとつ見つかった。『風変わりな民俗信仰の概要』と題された手書きの八つ折り判だった。推測では、二百年くらい前の本だろう。

それはヴィンタスの素人の史家が物語や迷信を集めた本だった。『ドラッカス類の交配習性』とちがうのは、そういった内容を証明しようとも、反証しようともしていない点だった。筆者は物語をただ収集してまとめ、地域によって信じられていることがどう変わると見受けられるか、ときどき短い注釈を添えていた。

長年の調査をもとにしているのが明らかな、すばらしい本だった。魔物についての章が四章。妖精については三章――そのうち一章はすべてフェルリアンの伝説にあてられていた。屍人(しびと)、レンドリング、トロウについても書かれていた。灰女や白い騎手についての歌も収録されていた。墓歩きについても長い記述があった。民間のまじないについての章は六章――いぼを治す八つの方法、死者と話す十二の方法、愛のお守りが二十二……。

チャンドリアンについての記述は半ページに満たなかった――

チャンドリアンについて述べられることはほとんどない。だれもがチャンドリアンを知っている。あらゆる子どもがその歌を歌う。それでも語られない存在だ。

スモールビール一杯と引き換えに、農家の男なら二時間はデナリングについて話をするだろう。だがチャンドリアンの名前を出すと、紡ぎ女(クモ)の尻並みに口が堅くなり、鉄に触りながら椅子を引いて席を立つ。

妖(フェイ)について話すと縁起が悪いと多くの人が思っているが、それでも話題にはなる。どうしてチャンドリアンが別格なのか筆者にはわからない。ヒルズボロウの泥酔した革なめし職人が声を潜めて話したところによると、「やつらの話をすれば、やつらがやってくる」これは彼ら一般庶民にとって、語れない恐怖のようだ。

そこで、集めた情報は総じてありふれたもので、具体的でないが、ここに書き出しておく。チャンドリアンは複数の（名前から考察するに、おそらく七）個体からなる集団である。特にはっきりした理由なしに、姿を現わして多様な暴力を振るう。

その到来を告げる前兆があるが、これについては意見が分かれる。もっとも知られているのが青い炎だが、ワインが酸っぱくなる、目が見えなくなる、作物が枯れる、季節はずれの嵐、流産、空の太陽が黒くなる、という話もあった。

つまるところ、これらは苛立たしく実りがないたぐいの調査だった。

わたしは本を閉じた。苛立たしく実りがない調査、というのはわたしも感じていた。最悪なのは、この項目に書かれているすべてをすでに知っていたということではなかった。最悪なのは、これが百時間以上の捜索の果てにようやく発見した、もっとも有益な情報源だったことだ。

第十七章　幕間・役

クォートが片手をあげると、紀伝家はペン先を紙から離した。

「ここでひと休みしよう」クォートが窓の方をあごで示した。「コブがやってきた」

クォートは立ち上がり、前掛けを手ではらった。「二人とも気持ちを落ち着ける時間をとってはいかがかな？」彼は紀伝家にうなずいた。「そのままだと、いけないおいたをしていたようにお見えだ」

クォートは落ち着いた足取りでカウンターの中に入った。「言うまでもなく、まったくの見当違いだ。紀伝家殿、あなたは退屈して仕事を待ち望んでいる。だから筆記用具を出したまま。この何もない町で、馬もなしに立ち往生している。でも、なんとか精いっぱいやっているところだ」

バストがにやにやした。「いいねぇ！　おれにも役をくださいよ！」

クォートが言った。「強みを生かせ、バスト。おまえはこの宿の唯一の客と一緒に飲んでいる。おまえはやる気のない怠け者で、だれも野良仕事の手伝いを頼もうと思わないからね」

バストが張り切ってにこやかな笑顔になった。「おれも退屈してる？」

クォートはリネンを折りたたんでカウンターの上にのせた。「当然だろう、バスト。ほかにどんな状態がありえるね？　一方で、わたしは忙しくて退屈どころではない。せわしなく動きまわって、宿を順調に切り盛りできるように、たくさんの細々した用事に気を配っている」

クォートは二人を見た。「紀伝家殿、椅子の背にもたれて。バスト、にやにやせずにいられないなら、せめて三人の僧侶と粉屋の娘の話を始めなさい」

バストの笑みが大きくなった。「それはいいね」

「みんな準備はいいかな？」クォートはカウンターに置いた布を手に取って、調理場へ続く入口をくぐった。「コブ老が登場。舞台上手（かみて）から」玄関の木の床にどんと足音がして、コブ老が苛立たしげに足を踏み鳴らして道の石亭に入ってきた。バストがにやにやしながら身ぶり手ぶりをまじえて語っているテーブルをちらりと見て通り過ぎ、カウンターへ向かった。「やあ。いるかね、コート？」

すこし間（ま）があって、宿の亭主がぬれた手を前掛けで拭きながら、忙しげに調理場から姿を現わした。「ああ、こんにちは、コブ。いらっしゃいませ」

「グレアムがオーウェンの子を使いによこしてな。わしがオーツ麦を運びもせずになぜここにいるかわかるかね？」コブが苛立たしげに言った。

コートが首を振った。「あの子は今日マリオンのところで小麦を刈り入れているものと思っていましたよ」

コブがつぶやいた。「まったくばかな話じゃ。今夜は雨で外に出られんというのに、わしは乾いたオーツ麦を畑に積み上げたまま、ここに立っとる」

宿の亭主はものほしげな様子で言った。「とにかくここにいらっしゃるのですから、リンゴジュースでもいかがです？　今朝絞ったばかりなんですよ」

老人の疲れた顔から苛立ちがいくらか消えた。「どうせ待つなら、ジョッキに一杯もらえるとうれしいね」

コートが奥の部屋に入って、陶器のジョッキを持って戻ってきた。表に何人かやってきた足音がして、グレアムが後ろにジェイク、カーター、鍛冶屋の見習いを従えて中に入ってきた。

コブが振り向いて彼らをにらみつけた。「こんな朝早くにわしを町に引っぱり出すほど大切なこととはなんじゃ？　陽の光がやけつくわ――」

ふいに紀伝家とバストのテーブルからどっと笑い声があがった。だれもが振り返ると、紀伝家が顔を真っ赤にして、片手で口を覆って笑っていた。バストもテーブルを叩いて笑っていた。

グレアムは連れを率いてカウンターへ向かった。「カーターと坊主がオリソンのところの羊を市場に連れていく手伝いをしていると知ってね。バイデンへ行くのだったか？」

カーターと鍛冶屋の見習いがうなずいた。

コブ老が両手に視線を落とした。「なるほどな。ではあいつの葬儀には出られんな」

カーターが神妙にうなずいたが、アーロンは打ちひしがれた表情になった。彼は一人ひとりの顔をうかがったが、みんな微動だにせず立ち尽くして、カウンターの老人を見つめていた。

「よろしい」コブがようやく言って、グレアムを見上げた。「わしらをつかまえてくれてよかった」コブがアーロンの顔を見て、鼻を鳴らした。「飼い猫を殺してしまったような顔をしとるな。羊肉は市場へ。シェップはそれを知っとる。やらねばならんことをしたからといって、おまえの評価が一ジョット下がったりせんよ」

コブは手を伸ばして鍛冶屋の見習いの背中を叩いた。「みんなで一緒に飲んで、あいつをきちんと見送ろう。大切なことじゃからな。今夜教会であるのは、司祭の説教ばかりじゃ。わしらはそれよりましなさよならの仕方を知っとる」彼はカウンターの中に目を向けた。「わしらにあいつの好きだったものをくれんか、コート」

宿の亭主はすでに木のジョッキを集めて、カウンターの中の小さな樽から焦げ茶色のビールを注いでいた。

コブ老がジョッキを掲げると、ほかの者たちが続いた。「われらがシェップに」

グレアムが最初に口を開いた。「子どものころ、一緒に狩りに出ておれが脚を折ったことがあった。助けを呼んできてくれと言ったんだけど、あいつはおれのそばから離れなかった。なんにもないのに意地で小さなそりをこしらえてさ。おれを延々と引きずって町へ戻った」

全員がビールを飲んだ。

ジェイクが言った。「あいつがうちの妻に紹介してくれた。ちゃんとその礼を言ったかどうか、思い出せねえ」

全員がビールを飲んだ。

カーターが言った。「おれが喉風邪をひいたとき、毎日見舞いに来てくれた。そんなやつ、なかなかいない。奥さんがつくったスープも持ってきてくれた」

全員がビールを飲んだ。

鍛冶屋の見習いが言った。「初めてここに来たときから、よくしてくれた。冗談を言ってくれたよ。荷馬車をだめにしちゃったとき、運びこんでなおしてくれてさ。ケイレブ親方には言わないでいてくれた」彼は懸命に涙をこらえて、気ぜわしくあたりを見まわした。「本当に好きだったよ」

全員がビールを飲んだ。

コブが言った。「わしらのだれよりも勇敢だった。昨晩最初にあいつにナイフを突き立てたのはシェップだ。あれが多少でもまともなものだったら、それで終(しま)いだったはずが」

声が少し震えて、一瞬、彼が小さく、くたびれて、歳相応の姿に見えた。「でもそうはならんかった。このごろは、勇敢な男にはいい時代じゃない。でもあいつは相変わらず勇敢だった。わしが勇敢で、代わりに死んでいればよかった。あいつは今ごろ、家で若い妻に口づけていただろうに」

ほかの者たちもつぶやき、全員がジョッキのビールを飲み干した。グレアムはジョッキをカウンターに置く前にすこし咳きこんだ。

「なんて言っていいかわからなかった」鍛冶屋の見習いがそっと言った。

グレアムが微笑して彼の背中を軽くたたいた。「よくやったよ、小僧」

宿の亭主が咳払いをすると、全員の視線が集まった。「出しゃばりすぎだと思わないでください。わたしはみなさんほど彼を知りませんでした。最初の献杯ができるほどではなかったのですが、二回目に加われるくらいでしょうか」そもそも率直に話すことに気おくれしているかのように、彼は前掛けの紐をもてあそんでいた。「まだ早いのはわかっていますが、シェップのためにウイスキーの落としをご一緒できたらと思いまして」

賛成を表わすつぶやきを受けて、宿の亭主はカウンターの下からグラスを取り出して、ウイスキーを注ぎはじめた。それも瓶入りのウイスキーではなかった――赤い髪の男はカウンターの中に置かれている巨大な樽のひとつから酒を注いだ。樽入りウイスキーの値段はひとくち一ペニーなので、男たちはいっそうしみじみとグラスを掲げた。

「この献杯はなんのためにする？」グレアムが尋ねた。

「今年の厄の終わりを願って？」とジェイク。

「そりゃ献杯じゃない」コブ老が文句を言った。

「王に？」とアーロン。

「いいえ」宿の亭主は驚くほど硬い声で言った。彼がグラスを掲げた。「ふさわしいものを手にすることなく去った古い友人たちに」

カウンターを挟んで男たちがおごそかにうなずき、ウイスキーを空けた。

「いやはや、すばらしい落としだ」コブ老がいくらか目を潤ませて、敬意をこめて言った。「あんたは紳士だ、コート。あんたと知り合いでよかったよ」

鍛冶屋の見習いがグラスを置くと、グラスが横倒しになってカウンターを転がりだしてしまった。グラスがカウンターの端から落ちる前につかみ取ると、彼はグラスをひっくり返して、丸みをおびた底の部分をけげんそうに眺めた。

当惑する彼をジェイクが農家の男らしく大声で笑う傍らで、カーターがカウンターにグラスを伏せてみせた。「ラニッシュではどうか知らんが」カーターが少年に言った。「このあたりでは理由があって〝落とし〟と呼ばれてる」

鍛冶屋の見習いは当然ながらきまり悪そうな顔をして、ほかの者たちにならってグラスを逆さまにしてカウンターに置いた。宿の亭主は彼を元気づけるような微笑を浮かべると、グラスを集めて調理場に消えた。

コブ老が両手をこすり合わせながら、きびきびと言った。「さてそんなら、おまえたち二人がバイデンから戻ったら夜通しこれをやることにしよう。だが天気はわしを待ってはくれんし、オリソンたちは早く出発したくてたまらんにちがいない」

男たちがばらばらと道の石亭を出ていくと、クォートが調理場から出てきて、バストと紀伝家のテーブルに戻ってきてすわった。

バストが静かに言った。「おれもシェップが好きだった。コブはちょっと気むずかしい老いぼれかもしれないけど、たいていはよくものをわかったうえで話してるよ」

「コブは自分で思っている半分もわかっちゃいない。昨夜みんなを救ったのはおまえだ。もしもおまえがいなかったら、あれは農家の男が小麦を刈るようにあっさり皆殺しにしていたはずだ」

「それはまったくまちがいだよ、レシ。あなたがあいつを止めていたよ。あなたならきっと」バストがまったく気分を害したように言った。

宿の亭主は議論を避けようと、肩をすくめて何も言わなかった。バストが怒って口を引き結び、目を細めた。

緊張感が高まる前に、紀伝家がそっと口を開いた。「それでもコブは正しかった。勇敢な行動でした。それには敬意をはらわなければ」

「いや、そうはしない。その点、コブは正しかった。今は勇敢でいるにはいい時代じゃない」彼は紀伝家にペンをとるように身ぶりで示した。「それでもわたしがもっと勇敢であれば、シェップは家で若い妻にキスをしていたのにと思う」とクォート。

上等なタペストリーのような物語

作家　ひかわ玲子

さすが、アーシュラ・K・ル・グィンやロビン・ホブ、オースン・スコット・カードなどなど錚々たる作家陣に推された作品だけあって、読んでいると緻密に織り上げられたタペストリーを見ているような気持ちになる、とてもよく出来たファンタジー作品です。

そう、物語を書くというのは、タペストリーを織るのに似ているかもしれません。特に、異世界ファンタジーの物語の場合は、糸の素材から設計図までを一から吟味する必要性があります。度量衡、暦、言葉、風土、世界、決めるべきことはいっぱいあります。そして、横糸、縦糸を張り巡らせ、いかに緻密に、でも、全体のバランスを壊さないように最後まで書き上げるか。それには相当な労力と力業が必要になります。たまに、ファンタジーの実作者であるわたしには、〝ファンタジー小説の書き方〟なるワークショップや講義の依頼も舞い込んできますが、そういう時に、わたしがちょっと控えめに言う言葉が、必ずひとつあります。「あまり設定に凝りすぎないように——物語が動かなくなりますから」。

というのは、よくありがちなことですが、ものすごく精緻に、ぎちぎちにリアルな世界とはまったく違う設定を創り上げたあげくに、その設定だけを抱きしめて、肝心のその世界での物語を書けないで終えてしまう方に、わたしはよく出会うからです。正直、この〈キングキラー・クロニクル〉を読み始めた時にも、この世界でのあまりに良く出来た魔法の設定に、〝大丈夫なのかな〟と、どきどきしたのですが——このパトリック・ロスファス氏の力量、筆力は見事でした。読んでいて〝時を忘れる〟という体験を久々にしました。

こうした異世界ファンタジーを書く醍醐味というのは、神のように世界を設定することにあったりします。

先日、同業の友人が遊びに来てくれて、最初は、もっとも人気ある美声テノール歌手クラウス・フロリアン・フォークト氏の《ローエングリン》についてなど話していたのですが、次第に、『指輪物語』の冒頭にある、ホビットとその生態の設定の章について話が及びました。今でこそピーター・ジャクソン監督による映画化のおかげで、日本でも『指輪物語』の原作を読み通しているファンタジー・ファンは多いのですけれど、実は、かつてわたしが十代で『指輪物語』に出会った翻訳されてすぐの頃には、コアなファンタジー・ファンやSFファンでも、『指輪物語』を読んでいる人は少なかったのです。大体、聞くと、あの最初の延々と続くパイプ草についての説明などで挫折しています。わたしはというと、『ホビットの冒険』を読んでその勢いで『指輪物語』に突入しましたし、そもそも、そういう設定を読むのが大好きだったので、問題なく読み進み、第一巻から心を鷲づかみにされて、ついには未訳だった部分を原書に求めて（わたしが読んだ時は、まだ、『二つの塔』の上巻までしか訳されていませんでした）洋書屋にまで駆けつけるのですが、それはまた別の話——。で、友人もまた、「あの冒頭の、ホビットの設定資料にめげて、本を閉じてしまったんですよね」、と。そういうヒト、ファンタジー読みの仲間にも多かったんですよ、実は。

「でもね」とわたしは友人に話しました。トールキンについて書かれた本、たとえば、ハンフリー・カーペンターによる伝記にも書かれていますけれど、トールキンは〈中つ国〉という世界について、のちに『シルマリルの物語』として発表される膨大な、創造神話、地図、家系図、言語、種族等々について設定を創り上げていたけれど、それを物語として書くよすがを見つけたのは、〝ホビット〟という、それまで、彼の〈中つ国〉に設定していなかった種族が頭に浮かんだ時でした。それは『ホビットの冒険』という物語として、最初の小説になったけれど、その続きとして構想された『指輪物語』を書く前に、彼はいままで考えていなかったホビット族の設定を付け加えなければならなかったわけです。「だから、彼はホビットの設定を作って、そこからでなければ、指輪物語は書けなかったのはすごくわかるの。ただ、作家として、物語の冒頭に、それを読む必要がない読者に向かって付ける必要があったかどうかは確かに疑問だけれど」すると、同業の小説家である友人は深くうなずきました。「なるほど、それは――確かに、すごくわかる」、と。

作者にとっての物語と、その世界設定との関係性というのは、常にそんなふうな感じです。異世界ファンタジーを書く作家にとっては、世界を緻密に創り上げる、神の視点で細部まで設定し、根底から〝このリアルではない世界〟を創り上げるのは、無上の喜びです。ですがそのためには、その自分の頭の中にしかない、細かな設定や、このわたしたちの世界との細々とした違いを、物語を語るのと一緒に、読者にさりげなく説明し、面白く、飽きさせず、それでいてわくわくする、その世界を読者が楽しむように描き出す筆力・描写力・物語の構成力が必要になります。

そして、そう、このパトリック・ロスファス氏は、それに挑戦し、このきめ細かな作品にさまざまな美しい物語をはめ込み、〝タペストリーを織り出す〟という長大な旅へと船をこぎ出し、その船出として素晴らしい作品を世に送り出しました。錚々たるファンタジー作家のお歴々が期待を込めてこの作品のファンファーレに喝采を贈ったのも、よくわかります。わたしも、これだけの骨太の作品にはそうは出会えないと思いました し、このタペストリーの織り味は極上なので、つい、それを味わって、満足の吐息はつきました。ただし――第一部である『風の名前』でわかるのは、登場人物、特に主要人物であるクォートと謎の美女デナ、クォートが何を目的に生きているか、そしてなによ り、この異世界の世界観の中心にある〝魔法〟……というよりは、〝念力〟に近いかもしれない――共感術、についての詳細を読者に紹介することにほぼ終始して、物語の進捗に関しては――。そもそも〝キングキラー〟というのがこの三部作のタイトルですが、少なくとも、第一部において、殺されるのはどこの国のどの王様で、クォートだけが見ている〝チャンドリアン〟という不思議な集団が、そのことにどう関わりがあったのかといった、物語の輪郭の片鱗さえわかっていません。これだけの世界設定の中で物語を語る大変さについては実作者であるわたしは、深く深くうなずいてしまうほど凄いのがわかるので、文句は言えませんが、この第一作の『風の名前』が書かれたのが二〇〇七年……それから、この第二部である『賢者の怖れ』が発表される二〇一一年まで、読者は四年の歳月を待たされることになりました。それでも、これだけの設定を、物語の素晴らしいダイナミズムとともに書き上げた筆力は本当に素晴らしい。そして、それもまた、これだけの世界設定の中で物語を語ろうという試みならば、無理からぬことではあります。ただ、最初の一巻目から第三部の最終巻の刊行まで、十年以上待たされることになるであろうアメリカの読者たちに比べれば、この早川書房版でシリーズを読み始めた日本の読者はもう少し、幸運かもしれません。第三部の *The Doors Of Stone* は、二〇一七年刊行予定が二〇一八年に予定がずれこんではいますが、さすがに日本でのこの『賢者の怖れ』の連続刊行が終わる頃には刊行されている……んじゃないかな、されているといいな、という状況ですから。

何にせよ、じっくりと、作者の納得がいくまで、とことん煮詰めて、この物語を最後まで織り上げていただきたい、というのが、ここまで待った読者の気持ちの総意であろうと思いますし、わたしも、この作品がそうした三部作に仕上がることを心より望みます、一ファンタジー・ファンとして。

このクォートという主人公、いろいろと才能に恵まれた天才くんなんですが、共感術や〝眠れる心〟が操る名前による、まさに魔法のような命名術などを教えてくれるのは大学であり、彼が常に気にしているのは、その大学に通うための学費を捻出できるかどうか、ということであり。たぶん、作者が大学で教えていたという経歴の持ち主なので、なおさら「あと何タラント何ジョット……」と数えていつもいつも歯がみしているクォートの姿がとてもリアルに描かれていて、それがこの物語にリアリティを与えているのが、読んでいてとても面白いな、と思いました。そして、この物語は、ある田舎町の宿屋で、今は、死んだと思われているクォートが、宿屋の亭主のコートとしてひっそり暮らしていて、自身の過去について本人が、〝三日〟で語る……という二重構造の物語になっています。そして、クォートが大学に通っていた頃よりも、この世界の闇は濃くなっているように感じられます。何があったのか。それは、第三部までを読んだ読者だけが知ることが出来る。ね、わくわくしません？

ともあれ、この第二部『賢者の怖れ』は、トールキンの『指輪物語』にしてみると、『二つの塔』に当たる章です。ナルニアや中つ国、アン・マキャフリイの〈パーンの竜騎士〉の物語を冒頭句に冠してこの物語に挑んだ勇者である作者が、いかなる手腕でこのタペストリーを織り上げるか、それを待ちわびつつ、わたしたちはこの第二部を楽しもうではありませんか。こういうことって、ファンタジー好きの読者として、滅多に味わえる体験ではありませんよ？

HM=Hayakawa Mystery
SF=Science Fiction
JA=Japanese Author
NV=Novel
NF=Nonfiction
FT=Fantasy

キングキラー・クロニクル②

賢者の怖れ 1

〈FT598〉

二〇一八年五月　十　日　印刷
二〇一八年五月十五日　発行
（定価はカバーに表示してあります）

著者　パトリック・ロスファス
訳者　山形浩生　渡辺佐智江　守岡桜
発行者　早川浩
発行所　株式会社早川書房
郵便番号　一〇一‐〇〇四六
東京都千代田区神田多町二ノ二
電話　〇三‐三二五二‐三一一一（大代表）
振替　〇〇一六〇‐三‐四七七九九
http://www.hayakawa-online.co.jp

乱丁・落丁本は小社制作部宛お送り下さい。
送料小社負担にてお取りかえいたします。

印刷・株式会社亨有堂印刷所　製本・株式会社フォーネット社
Printed and bound in Japan
ISBN978-4-15-020598-0 C0197

本書のコピー、スキャン、デジタル化等の無断複製は著作権法上の例外を除き禁じられています。

本書は活字が大きく読みやすい〈トールサイズ〉です。